PANINI BOOKS

In der Buchreihe „Pferde - Freunde fürs Leben"
sind bisher erschienen:

Band 1: Sternentänzer - Das Rätsel um den weißen Hengst
Band 2: Sternentänzer - Das geheimnisvolle Mädchen
Band 3: Sternentänzer - Weißer Hengst in Gefahr
Band 4: Sternentänzer - Caro unter Verdacht
Band 5: Sternentänzer - Rettung für Lindenhain
Band 6: Sternentänzer - Bedrohung für den weißen Hengst
Band 7: Sternentänzer - Letzter Auftritt des weißen Hengstes?
Band 8: Sternentänzer - Der unheimliche Pferdehof
Band 9: Sternentänzer - Zeit der Entscheidung
Band 10: Sternentänzer - Hoffen und Bangen in Lilienthal
Band 11: Sternentänzer - Silbersterns Geheimnis
Band 12: Sternentänzer - Abschied mit Folgen
Band 13: Sternentänzer - Caro und das Mädchen im Moor
Band 14: Sternentänzer - Ponys in Not
Band 15: Sternentänzer - Eine rätselhafte Vision
Band 16: Sternentänzer - Das Geheimnis der Schlossruine
Band 17: Sternentänzer - Caro und die weiße Stute

Pferde
Freunde fürs Leben

Sternentänzer

Caro und die weiße Stute

Lisa Capelli

Band 17

Panini BOOKS

Die Deutsche Bibliothek – CIP-Einheitsaufnahme
Ein Titeldatensatz für diese Publikation ist bei der Deutschen Bibliothek erhältlich.

*Dieses Buch wurde auf chlorfreiem,
umweltfreundlich hergestelltem
Papier gedruckt.*

Sternentänzer, Band 17 – Caro und die weiße Stute

Chefredaktion: Claudia Weber
Redaktion: Nicole Hoffart (verantw.), Birgitt Kehrer
Lektorat: Sonja Lehmann, Helga Kronthaler
Umschlag: tab indivisuell, Stuttgart
Fotos: Bob Langrish; mauritius images; pixelio.de
Satz: CB Fotosatz & Werbeproduktion GmbH, Fellbach
Druck: Panini S. p. A. Modena, Italien
ISBN 978-3-8332-1605-3

www.panini.de

Caro und die weiße Stute

In einer stürmischen Vollmondnacht schlägt ein Blitz in eine jahrhundertealte Eiche ein, und eine Sternschnuppe fällt vom Himmel. Im gleichen Moment wird ein wunderschöner Schimmel mit einem kleinen schwarzen Stern auf der Stirn geboren.

Vorfreude und jede Menge Zweifel

Die Tage vor den Sommerferien fühlen sich so an wie der Endspurt eines ewig langen Marathonlaufs. Das Ziel ist schon in Sichtweite, doch die Puste reicht kaum mehr aus, um die letzten Meter zu bewältigen. Carolin Baumgarten, genannt Caro, rutschte ungeduldig auf ihrem Stuhl in der Schule hin und her. In der allerletzten Stunde vor dem allerletzten Pausengong war Englisch angesagt - und ihre Lehrerin, Miss Katie Somerset, schrieb in einem Tempo unregelmäßige Verben an die Tafel, als wäre es nicht der letzte, sondern der wichtigste Schultag vor der wichtigsten Arbeit des Jahres.

Lina Schniggenfittich, die neben Carolin saß, rollte vorwurfsvoll mit den Augen. „Mit deinem nervösen Rumgezappel machst du mich auch ganz hektisch, Caro!“ Lina war Carolins beste Freundin.

Carolin nagte an ihrer Unterlippe, wie sie es immer tat, wenn sie nervös war. „Ich wünschte, ich wäre schon dort“, murmelte sie dabei.

Lina deutete auf die große Uhr im Klassenzimmer. „Dauert nicht mehr lang. In ein paar Tagen um die Zeit bist du es. Dann hockst du auf Mallorca am Strand, spielst mit den Wellen und mampfst Paella, bis du platzt." Sie seufzte. „Beneidenswert."

Carolin schnaufte tief durch. „Ich weiß nicht ..."

Mit einer schnellen Bewegung warf Lina ihre wilden roten Haare zurück, die - wenn sie sie offen trug und sich nach vorne beugte - ihr ganzes Gesicht bedeckten. „Falls du einen Abnehmer für dein Flugticket suchst ...", grinste sie.

Carolin sah die Freundin an. „Du weißt ganz genau, dass ich nicht aus Spaß dorthin fahre!", korrigierte sie.

Auch Lina wurde gleich wieder ernst. „Ich weiß, Caro. Du willst herausfinden, was es mit Sternentänzers Vision auf sich hat."

„Außerdem hab ich meinem Paps versprochen, dass ich komme", ergänzte Carolin.

„Und Versprechen muss man halten", sagte Lina.

„Wenn ich auch um eure Aufmerksamkeit bitten darf? Carolin! Lina!", mischte sich Miss Somerset ein und warf ihnen einen strengen Blick zu.

„Kannst du nicht einfach mit mir mitkommen, Lina?", raunte Carolin der Freundin zu.

„Sofort", nickte Lina. Ihre wilden grünen Augen funkelten. „Nur leider hab ich keinen Vater, der mir ein Ticket organisiert."

Der Pausengong riss sie aus ihrer Unterhaltung.

„Okay! My friends." Miss Somerset ließ ihren Blick durch die Klasse wandern. „Ich wünsche euch allen a wonderful summertime. Genießt eure Ferien. Wir sehen uns dann in ein paar Wochen wieder." Damit packte sie schwungvoll ihre Unterlagen in ihre noble Designertasche und rauschte aus dem Klassenzimmer.

„Hoffentlich übersteht mein Sternentänzer die Reise gut“, murmelte Carolin vor sich hin, während sie das Pausenbrot aus ihrer Schultasche holte. Doch sie steckte das Brot gleich wieder zurück, nachdem sie es kurz begutachtet hatte. *Sojaschnitten zwischen zwei Mehrkornbroten. Bäh!*

Sternentänzer war Carolins Pferd. Ein mondheller Araberhengst, der nicht nur wunderschön war, sondern auch eine magische Gabe besaß.

„Bekommt das Pferd eigentlich einen eigenen Sitzplatz im Flugzeug?“, feixte Lina, während sie ihr Englischheft einsteckte. „Und zum Essen vegetarische Kost? Grassalat mit Kräuterdressing?“

„Na klar“, schmunzelte Carolin. „Sternentänzer sitzt am Notausstieg, da hat er mehr Beinfreiheit.“

Lina prustete los. „Bekommt er auch was zum Lesen? Die neueste Klatschlektüre? Welches Pferd mit wem und warum?“

Auch Carolin konnte kaum noch ernst bleiben. „Ist bestellt. Die aktuelle Ausgabe der *Pferde-Revue*.“

Lina stand so schwungvoll auf, dass ihr Stuhl beinahe nach hinten kippte. „Das Bild muss man sich echt mal vorstellen: sitzt ein Pferd angeschnallt auf einem Sitz im Flugzeug, blättert mit den Vorderhufen in einer Zeitschrift und lässt sich von der Stewardess einen Drink servieren. Na, das wär's doch!“ Allein die Vorstellung löste bei Lina erneut einen Lachanfall aus. Als sie sich schließlich wieder einigermaßen beruhigt hatte, fragte sie: „Aber jetzt mal im Ernst, Caro. Du nimmst Sternentänzer ja nicht im Flugzeug mit nach Spanien. Hat dir dein Vater denn inzwischen mitgeteilt, wie alles genau abläuft?"

„Wie gesagt, morgen oder übermorgen schickt diese Firma, die auf Tiertransporte spezialisiert ist, einen Lkw. Der holt Sternentänzer ab. Darum hat sich mein Vater gekümmert", erklärte Carolin. *Ich hoff nur, es klappt alles!,* fügte sie in Gedanken ein wenig besorgt hinzu. *Dass Paps auch immer alles auf den letzten Drücker erledigen muss!*

„Und wie kommt er dann vom Festland nach Mallorca? Muss er für die Überfahrt betäubt werden, wenn's auf dem Meer recht stürmisch ist?", erkundigte sich Lina.

„Spinnst du total?" Völlig empört sprang Carolin auf.

„Na ja, dann könnten sie ihn doch problemlos in den Frachtraum legen. Schwimmen scheidet ja wahrscheinlich aus?", überlegte Lina.

Carolin schnappte sich ihre Schultasche. „Du, keine Ahnung, wie die Überfahrt genau funktioniert. Ob die dann den gesamten Lkw verladen?!"

Lina schulterte ihre Tasche. „Außerdem ist so eine Reise doch bestimmt richtig teuer. Kostet ja schon für Menschen ordentlich Geld, aber dann für Pferde ..."

Carolin zuckte mit den Schultern. „Paps weiß, dass ich nur mit meinem Pferd komme. Nicht ohne! Und er hat versprochen, alles zu organisieren. Betäubt wird Sternentänzer jedenfalls nicht, soviel steht fest! Das lasse ich nicht zu. Lieber bleib ich hier." Sie verdrehte genervt die Augen. „Denke mal, er meldet sich bald."

„Ohne Sternentänzer macht die Reise ja auch keinen Sinn", nickte Lina und näherte sich mit großen Schritten der Klassenzimmertür.

Carolin lief ihr nach, legte eine Hand auf ihre Schulter und zog die Freundin zu sich. „Und wenn ich Paps frage, ob er auch noch ein Ticket für dich springen lässt?"

Lina winkte ab. „Nee, lass mal, Caro! Erstens kannst du das nicht von deinem Vater verlangen, das ist viel zu teuer, zweitens erwartet mich Ami zum Unterricht, und drittens wollte irgendwann in den Ferien ja auch Amalia aufkreuzen." Beim Hinausgehen hakte sich Lina bei der Freundin unter. „Da musst du allein durch."

Carolin blies die Backen auf. „Schätze, das werden die spannendsten Sommerferien meines Lebens."

„Ach nee!", ertönte hinter ihnen die Stimme von Julia Schlupf. „Was hast du denn vor? Pferdeäpfel zählen? Stall ausmisten?" Affektiert warf sie ihre langen blonden Haare in den Nacken und klimperte mit ihren langen, schwarz getuschten Wimpern.

Lina wollte sich umdrehen und Julia gleich mit einer passenden Antwort Kontra geben. Doch Carolin hielt sie zurück. „Ey, lass doch die olle Dosensuppe", raunte sie ihr zu.

„Ich fahr gleich morgen nach Ibiza. Surfen, sonnen, chillen", prahlte Julia. „Da geht die Post ab. Wer in ist, macht da Ferien! Das wird echt der Megahammer!" Julias Eltern gehörte die Strumpffabrik *Cecilia.* Julia war reich, verwöhnt und hochnäsig - daher konnte sie in der Klasse niemand so richtig leiden, außer Heike Fichte, die sie grenzenlos bewunderte, und Viola Glas.

Jetzt war es um Linas Beherrschung doch geschehen. „Ibiza? Erbseneintopf bei dreißig Grad im Schatten wird ganz schön sauer", prustete sie los.

„Pah!", machte Julia nur und stiefelte hoch erhobenen Hauptes an den beiden vorbei. An der Art, wie sie ging, konnte man allerdings deutlich erkennen, dass sie keinesfalls so locker war, wie sie tat.

Carolin und Lina wechselten vielsagende Blicke und kicherten. Vor ein paar Wochen hatte Julia tagelang in der Schule von einem genialen Modeljob geprahlt und verkündet, dass in ganz Lilienthal Plakate von ihr hängen würden. Hingen dann auch überall - allerdings nicht ganz so, wie Julia es gerne gehabt hätte. Denn am Ende hatte sich herausgestellt, dass sie für Werbeaufnahmen für eine Dosensuppe gebucht war, und seither hatte sie ihren Spitznamen „Dosensuppe" weg.

In Schlangenlinien radelte Carolin nach der Schule nach Hause. Einerseits war sie überglücklich, dass endlich Ferien waren, andererseits war da diese Reise. Beinahe bedauerte sie es schon ein wenig, dass sie ihrem Vater angeboten hatte, ihn in Spanien zu besuchen.

Aber andererseits hab ich keine Wahl, überlegte sie, während sie ihr Rad in den Radständer hievte. *Ich muss herausfinden, was es mit dieser merkwürdigen Vision auf sich hat, die ich wieder und wieder gesehen habe.*

Carolin schloss für einen Moment die Augen und rief sich die Vision wieder in Erinnerung. *Felsen, die einen*

Strand halbkreisförmig begrenzen. Palmen, die sich sacht im Wind bewegen. Hellblaues, klares Wasser, das in schaumgekrönten Wellen ausläuft. Ein langer, feiner Sandstrand, an dem ein wunderschöner Schimmel entlanggaloppiert. Sein mondheller Schweif weht im Wind. Das Pferd hat einen schwarzen Stern auf seiner Stirn. Es ist Sternentänzer. Leicht wie eine Feder jagt er über den Strand. Auf dem Pferd sitzt ein Mädchen. Es ist sie selbst, Carolin. Sie ist barfuß. Das Wasser spritzt hoch bis zu ihren nackten Beinen.

„Caro!", riss die Stimme ihrer Mutter sie abrupt aus ihren Gedanken. Ines Baumgarten stand in der offenen Haustür und winkte etwas hektisch. „Los, beeil dich, dein Vater ist am Telefon und will dich sprechen."

Carolin flitzte ins Haus und klemmte sich das Telefon zwischen Ohr und Schulter. „Hi, Paps."

„Hi, Caro. Ich wollte mich nur noch einmal vergewissern, ob deine Reise auch wirklich steht." Seine Stimme klang etwas unsicher. Kein Wunder, denn bei seinem letzten Besuch in Lilienthal hatte er sich ziemlich unmöglich benommen. Er hatte einen Sorgerechtsprozess losgetreten, den er aber zum Glück verloren hatte. Es gab Momente, da hätte Carolin ihren Vater zum Mond schießen können, ohne Rückfahrkarte.

„Ich hab gesagt, dass ich komme, also komme ich", erklärte Carolin entschlossener, als sie eigentlich war. Als sie sich von ihrem Vater am Flughafen verabschiedet hatte, hatte sie ihm versprochen, dass sie ihn in den Sommerferien auf Mallorca besuchen würde.

„Gut, gut." Kleine Pause. „Ich freu mich, Tochter."

„Ich bin ziemlich gespannt“, gab Carolin zurück. Sie wollte nicht lügen, denn Freude war auf jeden Fall das falsche Wort für ihre Gefühle. „Du wolltest mir noch schreiben, wie der Transport von Sternentänzer genau abläuft.“

Wieder eine kleine Pause.

„Ohne mein Pferd komm ich nicht, das hab ich dir gesagt“, setzte Carolin nach.

„Ich weiß. Es ist auch bereits alles organisiert. Ich hab’s nur noch nicht geschafft, dir eine Mail mit allen Details zu schreiben. Mach ich spätestens heut Abend“, erklärte Paul.

„Okay, Paps, bis dann.“

„Bis dann, Caro.“

Ines stand mit verschränkten Armen in der Küchentür und beobachtete ihre Tochter. „Deine erste große Reise“, meinte sie dann mit einem wehmütigen Schmunzeln. „Ganz allein, so weit weg.“

„Hm“, nickte Carolin und spürte, wie ihr Herz vor Aufregung ein wenig schneller pochte. „Wenigstens kommt Sternentänzer mit.“

Belustigt schüttelte Ines den Kopf. „Du und dein Pferd ...“

„Wir sind eben unzertrennlich“, ergänzte Carolin, schleuderte ihre Schultasche in die Ecke und spitzte in die Küche. „Gibt’s was zu essen?“

Ines ging in die Küche und deutete auf eine große Schüssel griechischen Bauernsalat. „Hier.“

Carolin setzte sich an den Tisch und packte sich eine Portion auf ihren Teller. „Und die anderen?“

Seit ein paar Wochen lebten Carolin und Ines nicht mehr allein. Ines hatte Dr. Sander, den Tierarzt von Lilienthal, geheiratet und zusammen mit seinem Sohn Thorben waren sie in ein Haus im Ahornweg 16 gezogen. Anfangs war es ein komisches Gefühl gewesen, plötzlich zu viert zu sein. Aber mittlerweile hatte sich Carolin an die beiden gewöhnt und vermisste sie beinahe schon, wenn sie nicht da waren – so wie jetzt.

„Jo muss mit Thorben was erledigen, sie essen in Grünstadt", erklärte Ines und setzte sich zu Carolin. „Am besten, du nimmst meinen Trolley mit, da passt eine Menge rein, und du kannst ihn ziehen."

„Ich wollte meinen Rucksack nehmen", schmatzte Carolin.

Ines runzelte die Stirn. „Da hat doch nie und nimmer dein ganzes Gepäck Platz."

Carolin grinste. „Mam, ich bin ja nicht du!" Selbst wenn ihre Mutter nur für zwei Tage verreiste, brauchte sie mindestens einen Koffer und eine Kosmetiktasche. „Ich pack ein paar T-Shirts ein, eine zweite Jeans, Zahnbürste und fertig." Carolin schluckte den letzten Rest Salat hinunter und wischte sich mit der Papierserviette den Mund ab. „Deswegen geht das Packen bei mir auch ruck, zuck."

Ines räumte die Salatschüssel und ein paar verirrte Zwiebeln vom Tisch. „Du fährst in den Süden, Caro. Auf Mallorca hat es im August leicht vierzig Grad und mehr. In deinen Jeans schwitzt du dich zu Tode. Ich würde leichtere Klamotten einpacken und auf jeden Fall eine Kopfbedeckung und Badesachen mitnehmen, wenn ich du wäre.“ Ines holte eine Einkaufstüte und platzierte sie auf dem großen Küchentisch direkt vor Carolins Nase. „Ich hab dir noch ein paar Sachen gekauft, die du auf jeden Fall mitnehmen solltest.“ Sie griff in die Tasche, holte eine sonnengelbe Tube heraus und legte sie auf den Tisch. „Sonnencreme.“ Sie griff wieder hinein und beförderte zwei weitere Tuben nach draußen. „Was gegen Mücken. Und auch was gegen Mückenstiche.“ Erneut ein Griff in die Tüte. „Jod. Und hier hab ich was gegen Durchfall, wenn du das Essen nicht verträgst, und noch was gegen Verstopfung.“ Der nächste Griff in die Tüte. „Hier was gegen Quallen. Und das gegen eine Sommergrippe.“

Sprachlos sah Carolin ihrer Mutter zu. „Mam ...“

Unbeirrt packte Ines weiter aus. „Ohrentropfen und Augentropfen.“

„Mam, aber ich unternehm doch keine Amazonas-Expedition“, warf Carolin schmunzelnd ein. „Und außerdem hatte ich noch nie in meinem Leben Augen- oder Ohrenschmerzen.“

„Das ist ein völlig anderes Klima“, unterbrach Ines sie streng. „Man weiß nie.“

„Aber wenn wirklich was wäre, hat Paps bestimmt auch Mittel.“

„Pah!“, machte Ines. Dabei knüllte sie die Tüte, die endlich leer war, zusammen und steckte sie weg. „Der doch nicht. So verantwortungslos, wie dein Vater ist ... Jedenfalls besteh ich darauf, dass du das mitnimmst, Caro. Alles!“, sagte sie in einem Ton, der keinen Widerspruch duldete.

„Aber Mam, allein dafür brauch ich schon einen Koffer“, stöhnte Carolin.

„Meinen Trolley, sag ich doch“, nickte Ines.

Carolin startete noch einen letzten Versuch. „Aber ...“

„Du nimmst das mit und basta!“ Damit rauschte Ines aus der Küche.

Carolin rollte mit den Augen, brachte ihre Schultasche nach oben in ihr Zimmer, schlüpfte in ihre Jeans und radelte nach Lindenhain.

Letzte Reisevorbereitungen

Es war ein sehr warmer Julitag, und ein tiefblauer, wolkenloser Himmel wölbte sich über dem Reiterhof. Die Lindenhain-Pferde waren auf der Koppel – ganz weit oben auf dem Hügel bei den Linden – und grasten friedlich. Die Hofhunde Herr Maier und Carolina dösten faul vor ihrer Hütte in der Sonne. Sternchen, die unternehmungslustigste der Hofkatzen, lag am Ufer des Tümpels auf der Lauer. Carolin parkte ihr Rad neben dem Haupthaus und lief zu Sternchen. Sie ging in die Hocke und strich liebevoll über das weiche tiefschwarze Fell der Katze.

„Na du, meinst du, dass es Mäuse auch im Wasser gibt? Oder hast du es etwa auf Gunnars schweineteure Kois abgesehen?“ Gunnar Hilmer, der Besitzer von Lindenhain, hatte erst kürzlich drei japanische Farbkarpfen in den kleinen Hofteich gesetzt.

Sternchen antwortete mit einem genüsslichen Schnurren.

Carolin schmunzelte vor sich hin. „Ich würde dir dringend raten, die Kois in Ruhe zu lassen. Sonst kriegst du richtig Ärger mit Gunnar!“ Obwohl von den Fischen meist nicht viel mehr als eine Flosse zu sehen war, führte Gunnar seither jeden Morgen sein erster Gang an den Teich. Offenbar hatte er ein inniges Verhältnis zu den neuen Teichbewohnern entwickelt.

„Du kommst gerade richtig.“ Gunnar stand im Hof und winkte. Wie immer trug er einen Cowboyhut und Cowboystiefel.

Carolin eilte auf ihn zu. „Was gibt's?“

„Ich bin gerade dabei, die Unterlagen für Sternentänzer für die Reise zusammenzustellen und brauch noch die eine oder andere Info.“ Er drehte sich um und stiefelte in sein Büro. Carolin folgte ihm.

Als alle Formalitäten erledigt waren, machte sie sich auf den Weg in den Stall. Wenn sie ganz ehrlich war, wurde ihr immer mulmiger, je näher die Abreise rückte.

Hoffentlich übersteht Sternentänzer alles gut, überlegte sie, während sie die Stalltür öffnete. Sie wandte sich um und blickte hinüber zur Koppel, auf der Sternentänzer bei den anderen Pferden stand. Sein weißes Fell glänzte in der Sonne. Seine mondhelle, seidenweiche Mähne schimmerte wie Seide. *Hoffentlich geht unterwegs nichts schief,* dachte sie etwas bang, während sie dann den Stall betrat. *Ob es auf Mallorca wohl Gras gibt? Bei vierzig Grad ist doch bestimmt alles verdörrt. Und was ist mit Hafer? Oder Leckerli?*

Carolin öffnete Sternentänzers Box. *Ob Paps überhaupt einen Platz für ihn hat? Bestimmt ist seine Finca nicht so groß. Und viel Geld hat er ja auch nicht. Oh Mann!* Carolin fuhr sich mit beiden Händen durch ihre kurzen braunen Haare. *Es gibt so vieles, woran ich vorher noch gar nicht gedacht habe.* Etwas unschlüssig stand sie eine Weile in der Box.

Dann packte sie einen der Hafersäcke, die in der Ecke lagen, und verschwand damit in der Vorratskammer. Mit einer Hand hielt sie den Sack auf, mit der anderen füllte sie zuerst etwas Hafer hinein, dann einige Handvoll Leckerli.

„Da steckst du!“ Ferdi kam herein. Ferdinand Reifenbach war Carolins Freund. Eigentlich stammte er aus Berlin. Doch als er sich vor einer ganzen Weile schon in Carolin verliebt hatte, war er in das Gästehaus auf Lindenhain gezogen. Mit Pferden hatte er eher wenig am Hut, seine große Leidenschaft war das Eishockeyspielen. Ferdi hatte kurze blonde Haare, hellblaue Augen und ein Lausbubengrinsen.

„Ich hab dein Fahrrad gesehen und dich schon überall gesucht.“ Mit einem Schmunzeln musterte er Carolin mit dem Hafersack. „Was machst du denn da?“

„Packen“, erklärte Carolin und füllte weiter Leckerli in den Sack.

Ferdi sah sie etwas verständnislos an. „Wie bitte?“

„Für Sternentänzer.“

„Aha“, machte Ferdi und grinste.

Carolin ließ sich nicht beirren. „Wer weiß, ob es so was auf Mallorca gibt.“

Ferdis Grinsen wurde immer breiter. „Also, ich würde auch noch Äpfel und Karotten mitnehmen.“

„Tu ich auch“, bestätigte Carolin. „Aber die besorg ich erst kurz vorher, dann bleiben sie länger knackig.“

Ferdi prustete los. „Caro, ich hab das doch als Scherz gemeint."

„Mir ist es ernst", erklärte Carolin ungerührt und füllte weiter den Sack.

„Caro", begann Ferdi schmunzelnd. „Auf Malle gibt es sowohl Karotten als auch Äpfel. Du reist ja nicht ins wilde Kurdistan."

Carolin sah ihn unschlüssig an. „Sicher?"

Ferdi nickte. „Ganz sicher."

Carolin deutete auf ihren Sack. „Und Hafer?"

„Auch Hafer."

„Hm." Carolin zog eine Grimasse. „Aber bestimmt nicht die Leckerli, die Sternentänzer am liebsten frisst."

Immer noch grinsend zuckte Ferdi die Schultern. „Das kann ich dir nicht sagen."

„Also gut." Carolin nahm den Sack und kippte den Hafer wieder zurück. „Aber seine Leckerli pack ich auf jeden Fall ein."

Ferdi legte den Arm um sie und drückte sie an sich. „Ich werd dich vermissen, Carolinchen."

Carolin legte den Kopf gegen seine Schulter. „Ich dich auch", murmelte sie. „Wahrscheinlich wird es voll langweilig, und ich bin froh, wenn ich wieder zu Hause bin." Doch da sollte sie sich gewaltig irren.

Wie versprochen hatte Carolin am nächsten Morgen eine Mail von ihrem Vater in ihrem Posteingang. Gleich nach dem Aufstehen hatte sie ihren Computer hochgefahren und klickte nun – mit der Zahnbürste im Mund – den Umschlag auf. Dabei umschloss sie die Zahnbürste fest mit ihren Lippen, um keine Zahnpastaspuren auf der Tastatur zu hinterlassen.

„Buenos días, Caro! Das heißt „Guten Tag" auf Spanisch, so sagt man hier. Alles paletti, Deine Reise ist organisiert. Und auch für Dein Pferd liegt mir die Transportbestätigung vor. Die Firma, mit der es reist, heißt Horse Transport. *Es wird noch heute, so gegen zwölf Uhr, auf Deinem Reiterhof abgeholt, in einen speziellen Anhänger verladen und damit auf die Insel gebracht. Und Du fliegst übermorgen Mittag um zwei mit Air Malle nach Palma de Mallorca, dort hole ich Dich dann ab. Dein Ticket erhältst Du am Flughafen, die Reservierungsnummer lautet: AM 545857. So sieht's aus, Tochter. Wir beide sehen uns bald. Ich freu mich auf Dich. Hasta la vista, also bis bald! Dein Vater."*
Carolin klickte die Mail weg und wischte mit dem Schlafanzugärmel die Zahnpastaspuren von der Tastatur, die sie trotz aller Vorsicht hinterlassen hatte. Dann eilte sie ins Bad und spülte ihren Mund aus. Sie hob den Kopf und blickte ihrem Spiegelbild entgegen. „Bald bist du also auf Mallorca, Carolin Baumgarten", murmelte sie und zwinkerte sich aufmunternd zu.

„Sag mal, Caro, hat er sich endlich gemeldet? Typisch dein Vater, bis zur letzten Minute weiß man nichts Genaues!" Ines platzte in heller Empörung in die offene Badezimmertür.

Carolin stellte ihre Zahnbürste wieder an ihren Platz. „Gerade eben kam eine Mail von ihm."

„Echt typisch, auf den letzten Drücker! Und?", drängelte Ines.

„Übermorgen Mittag um zwei geht mein Flug."

„Er hätte uns die genauen Abflugdaten schon längst mitteilen können", schimpfte Ines noch. Mit einem Mal wurde ihr Gesichtsausdruck etwas traurig. „Irgendwie ist mir gar nicht wohl bei dem Gedanken, dass du allein nach Mallorca fliegst", murmelte sie. „Was da alles passieren kann!"

„Ach Mam", meinte Carolin zuversichtlicher, als sie eigentlich war. „Ich bin schon groß und kann auf mich aufpassen. Außerdem ist Paps ja auch noch da."

Ines schnaufte tief durch. Dann wandte sie sich ab, ging in ihr Zimmer und kam mit ihrem Trolley zurück, einem großen pinkfarbenen Ungetüm mit zwei Rädern.

Carolin verdrehte die Augen. „Mam ..."

Ungerührt fuhr Ines den Trolley in Carolins Zimmer. „Am Flughafen hier geben wir den auf, und auf Mallorca soll ihn dein Vater nehmen."

Ergeben öffnete Carolin den Trolley und packte einen ganzen Stapel T-Shirts, ein paar Shorts, Jeans, Pullover, Basecap, Schuhe, Badeanzug, Waschzeug und was sie sonst noch brauchte hinein.

Ines hatte die Medizin in eine hellrosa Kosmetiktasche mit Rüschen gepackt, die sie obendrauf legte. „Siehst du", meinte sie zufrieden, als alles verstaut und das pinkfarbene Ungetüm verschlossen war. „Da brauchst du jetzt nicht mal mehr einen Rucksack."

Carolins Blick fiel auf ihren Wecker. „Oh Mann, schon halb elf!"

Ines sah ihre Tochter fragend an.

„Um zwölf Uhr holen die Sternentänzer ab“, erklärte Carolin im Hinausgehen. Nach einem kurzen, schnellen Frühstück flitzte sie aus dem Haus und radelte nach Lindenhain, so schnell sie konnte.

Es geht los!

Sternentänzer stand in seiner Box und blickte ihr mit seinen großen, dunklen, feuchten Augen entgegen, als sie hereinstürzte.

„Hallo, mein Süßer." Carolin liebkoste seine Stirn und streichelte sanft über seine weichen Nüstern. „Du gehst jetzt gleich auf große Reise."

Sternentänzer spitzte die Ohren, sein Schweif peitschte leicht hin und her. Er senkte den Kopf und lehnte ihn sacht an Carolins Brust. Eine ganze Weile blieben die beiden so stehen. „Leider müssen wir getrennt reisen." Etwas wehmütig legte sie ihre Wange gegen sein seidenweiches Fell.

Sternentänzer hob seinen Kopf, und Carolin spürte den warmen Atem des Tieres in ihrem Gesicht.

„Caro!" Jan, Lindenhains Mann für alles, brüllte durch den Stall.

„Was?", brüllte Carolin zurück.

„Die Typen vom Gaultransport sind da", schrie Jan.

„Okay", rief Carolin zurück. Sie legte die Arme um Sternentänzers Hals und drückte ihr Gesicht in sein

Fell. „Wir schaffen das schon“, murmelte sie. Dann straffte sie die Schultern und schnaufte tief durch. „Also gut. Was brauch ich noch für dich?“, fragte sie. Dann spurtete sie in die Sattelkammer, holte Sternentänzers Sattel, seine Decke und sein Zaumzeug und schleppte alles nach draußen auf den Hof.

Dort stand ein dunkelbrauner Transporter mit einem Pferdeanhänger. Die Tür war bereits offen und die Rampe unten. Daneben lehnte ein bullig aussehender junger Mann in einem dunkelblauen Overall.

„Hallo“, grüßte Carolin.

Der Mann nickte ihr kurz zu.

„Das ist die Pferdebesitzerin“, erklärte Jan, der neben dem Mann stand.

Der Mann deutete auf Sattel, Decke und Zaumzeug. „Nehme an, das soll mit!“ Ohne eine Antwort abzuwarten, griff er zu und packte alles in den Transporter. Dann kam er wieder heraus. „Die Papiere sind in Ordnung, fehlt nur noch das Pferd, dann können wir.“

Jan knuffte Carolin, die reglos auf dem Hof stand, in die Seite. Der Gedanke, dass sie nun ihr geliebtes Pferd in die Hände dieses bulligen Typen geben sollte, gefiel ihr überhaupt nicht, und am liebsten hätte sie auf der Stelle alle Pläne umgeworfen.

„Das Pferd, Caro!“

Carolin zögerte, aber für einen Rückzieher war es zu spät. Mit schweren Beinen marschierte sie zurück in Sternentänzers Box. „Da müssen wir jetzt durch, Sternentänzer“, sagte sie und spürte, wie ihre Augen feucht wurden. Sie nahm ihr Pferd und führte es in die Stallgasse. „Wir sehen uns bald wieder auf Mallorca." Carolin blieb stehen und liebkoste Sternentänzers eleganten Kopf. Zärtlich strich sie über den kleinen schwarzen Stern auf seiner Stirn. „Ich hoffe, du überstehst den Transport gut", flüsterte sie dabei und versuchte, die aufsteigenden Tränen wegzuschlucken. „Ich weiß nicht, was ich tun würde, wenn dir was passiert, mein Süßer."

„Caro!", ertönte da Jans Stimme. „Los!"

Carolin holte tief Luft, brachte Sternentänzer auf den Hof und übergab ihn mit dem größten Widerwillen dem bulligen Mann.

„Schönes Pferd", nickte der.

Plötzlich erinnerte sich Carolin an Linas Worte. „Müssen Sie ihn betäuben?", fragte sie bang.

Der bullige Mann schüttelte den Kopf.

Carolin schaute ihn mit feuchten Augen flehentlich an. „Und Sie passen auch gut auf ihn auf?"

Der bullige Mann lächelte und sah mit einem Mal richtig nett aus. „Kannst dich drauf verlassen. Bei uns ist noch kein Tier zu Schaden gekommen."

Carolin nickte tapfer. Ein klein wenig beruhigten sie seine deutlichen Worte.

Der Mann bugsierte Sternentänzer in den Anhänger. Kurz bevor er die Laderampe schloss, wandte Sternentänzer den Kopf und blickte Carolin an. Es war fast so, als wolle er sagen: Keine Sorge, wir sind bald wieder zusammen.

„Mach's gut, mein Süßer", murmelte Carolin. Wie angewurzelt verharrte sie auf einem Fleck und blickte dem Transporter nach, bis er verschwunden war.

Jan klopfte Carolin kumpelhaft auf die Schulter. „Ey, ihr zwei macht eine Urlaubsreise und keine Trauertour. Dein Gaul kommt schon heil an, keine Sorge!“

Carolin nickte tapfer.

Es war ein komisches Gefühl, den Nachmittag auf Lindenhain ohne Sternentänzer zu verbringen. Carolin half Jan, der das Gatter der Weide ausbessern musste, schmuste mit Sternchen, warf Hofhund Carolina Stöckchen und fütterte die Kois. Schließlich traf sie sich mit Ferdi und ging mit ihm ein Eis essen.

Den nächsten Tag verbrachte Carolin fast ganz mit Ferdi. Die Zeit verging wie im Flug. Ruck, zuck war es Abend, und Carolin machte sich wehmütig auf den Nachhauseweg.

Zur Feier des Abschieds hatte Ines groß gekocht. Indisch. Hühnchen in Nusssoße mit Kokosflocken und gemahlenen Mandeln mit parfümiertem Basmatireis.

Während Thorben mit großem Appetit einen Löffel nach dem anderen wegputzte, versuchten Carolin und Dr. Sander, so viel Soße wie möglich von den Hühnerteilen zu entfernen. Ines liebte exotische Gerichte, Thorben ebenfalls. Der Doc und Carolin hingegen bevorzugten die einfache, deftige Küche und konnten mit Ines' kulinarischen Köstlichkeiten überhaupt nichts anfangen.

„Um wie viel Uhr geht morgen noch mal dein Flieger?“, erkundigte sich Thorben.

„Genau um zwei Uhr." Carolin steckte sich ein einigermaßen soßenfreies Hühnchenstück in den Mund.

„Und, vermisst du deinen Sternentänzer schon?", fragte Dr. Sander. „Weißt du denn bereits, wann er auf Mallorca ankommt?"

„Der Transport dauert wohl ein paar Tage", erzählte Carolin mit belegter Stimme. Wenn sie an den bulligen Mann und Sternentänzers traurige Augen dachte, wurde ihr ganz flau im Magen. „Ich hoffe nur, diese Pferde-Transportfirma geht fürsorglich mit ihm um."

„Pferde-Transportfirma", wiederholte Ines. „Wusste gar nicht, dass es so etwas gibt. Klingt aber ziemlich kostspielig."

„Ist es auch", bestätigte Dr. Sander und spülte den Kokosgeschmack mit einem großen Schluck Rotwein hinunter.

Nachdenklich fuhr Ines mit dem Finger den Rand ihres Wasserglases entlang. „Ich frag mich nur, wie Paul sich das leisten kann. Ich dachte immer, er verdient auf Mallorca nicht so gut."

„Ich hab Paps gleich gesagt, dass ich ihn nur mit meinem Pferd besuchen komme", erklärte Carolin und schaufelte einen Löffel Reis in ihren Mund.

„Wahrscheinlich plagt ihn das schlechte Gewissen, weil er diesen Streit um das Sorgerecht inszeniert hat", vermutete Dr. Sander.

„Schon." Ines nippte an ihrem Glas. „Aber das erklärt immer noch nicht, woher er plötzlich das Geld hat."

„Bestimmt will er sich mit Caro wieder gut stellen und hat jeden Cent zusammengekratzt", überlegte Thorben.

Ines nickte nachdenklich. „So wird's wohl sein."

Carolin blickte in die Runde. „Wer bringt mich eigentlich zum Flughafen?"

„Ich", meldete sich Thorben gleich.

„Wir alle natürlich", stimmte Dr. Sander ein.

Ines seufzte und guckte etwas betrübt. „Ich vermiss dich jetzt schon, Schätzchen."

„Ich werd euch auch vermissen", gab Carolin zu und meinte es auch so. Ihre neue Familie war ihr mittlerweile richtig ans Herz gewachsen.

Nach dem Essen kam Lina vorbei. Die beiden Mädchen verzogen sich gleich in Carolins Zimmer.

„Was ist denn das?" Lina deutete kichernd auf den pinkfarbenen Trolley.

Carolin verzog nur gequält das Gesicht. „Sag nichts! Ohne dieses Ungetüm lässt mich meine Mutter nicht verreisen."

Lina ließ sich auf Carolins Drehstuhl plumpsen. „Bist du aufgeregt?"

Carolin nickte. „Und wie! Vor allem wegen Sternentänzer. Hoffentlich bringen die ihn wohlbehalten auf diese Insel."

Lina rollte eine ihrer langen roten Haarsträhnen um den Finger. „Ganz sicher. Schließlich bist du in deiner Vision auf Sternentänzer am Strand geritten. Das bedeutet, dass er heil ankommt."

„Stimmt." Daran hatte Carolin noch gar nicht gedacht.

„Ich hab Ami erzählt, dass du nach Mallorca fährst", berichtete Lina.

Ami war Linas ungewöhnliche Großmutter. Die alte Frau besaß übersinnliche Fähigkeiten und war eine Hexe und Heilerin.

„Und?"

Lina ließ ihre Haarsträhne los. „Sie wusste es natürlich schon. Sie sagt, du tust, was du tun musst."

Carolin lehnte sich gegen den Fenstersims. „Irgendwie hab ich schon ein total mulmiges Gefühl."

Lina sprang auf, stellte sich neben die Freundin und legte den Arm um sie. „Wenn was ist, meldest du dich sofort, okay!?"

Carolin drehte den Kopf, sodass sie Lina in die Augen blicken konnte. „Ein bisschen Angst hab ich davor, was mich dort erwartet", gestand sie leise.

Lina zog sie an sich. „Man kann seinem Schicksal nun mal nicht entrinnen. Irgendjemand braucht dort auf Mallorca deine Hilfe."

Carolin kaute auf ihrer Unterlippe, wie sie es immer tat, wenn sie nervös war. „Ich wünschte, du könntest mitfliegen", sagte sie leise. „Ich kenne dort doch gar niemanden."

„Aber dein Paps ist doch da", versuchte Lina, sie zu trösten.

„Schon, nur momentan kommt er mir eher vor wie ein Fremder", antwortete Carolin.

„Ach, das gibt sich bestimmt wieder, wenn ihr etwas Zeit gemeinsam verbringt", meinte Lina zuversichtlich. „Und wenn du Hilfe brauchst, dann komm ich, egal wie!“, erklärte sie entschlossen. „Und wenn ich mit dem Rad fahren muss“, fügte sie grinsend hinzu.

Carolin lächelte gerührt. „Du bist echt die allerbeste Freundin der Welt.“

„Aber hallo!“, erwiderte Lina. Sie zog Carolin an sich und drückte sie ganz fest. „Pass gut auf dich auf.“

„Mach ich“, nuschelte Carolin mit belegter Stimme.

Lina nickte ihr noch einmal zu, dann verließ sie das Zimmer.

Carolin starrte noch eine Weile auf die geschlossene Tür. Dann gab sie sich einen Ruck, öffnete noch einmal den Trolley und checkte, ob sie auch alles eingepackt hatte. Dabei fiel ihr Blick auf Sternentänzers Foto auf ihrem Schreibtisch. „Das hätte ich fast vergessen“, murmelte sie, griff nach dem Silberrahmen, steckte ihn zwischen zwei Shirts und verschloss den Trolley wieder.

Am nächsten Vormittag fuhr die ganze Familie Baumgarten/Sander in Dr. Sanders gelbem Sportwagen zum Flughafen. Der Kofferraum stand ein kleines Stück weit offen, denn Ines pinkfarbener Trolley hatte nicht ganz hineingepasst. Dr. Sander half Carolin dabei, das Ticket zu holen und den Koffer aufzugeben.

Ines zog ein Taschentuch nach dem anderen aus der Packung und trocknete sich verstohlen die Augen. Als auf der Abflugtafel hinter *Palma de Mallorca* das Boarding-Zeichen aufblinkte, verabschiedete sich Carolin schweren Herzens und mit einem dicken Kloß im Hals von ihrer Familie. Sie drehte sich noch einmal um und winkte, bevor sie schließlich im Abfluggate verschwand und einem ungewissen Abenteuer in einem unbekannten Land entgegenflog.

Ankunft auf der Insel

Die Luft war drückend schwül, und das laute Geschrei der Zikaden übertönte schier den dröhnenden Motor des Autos. Carolin saß neben ihrem Vater in einem offenen, olivgrünen Jeep und wurde ordentlich durchgeschüttelt, während ihr Vater über die Straßen raste, als wolle er die Rallye Paris–Dakar gewinnen.

Die schmale Straße war zwar asphaltiert, aber voller Schlaglöcher und ungemein kurvenreich. Es war schon die zweite Mutprobe für ihren Magen. Das Flugzeug war in Turbulenzen gekommen und hatte hin und her geschaukelt wie ein winziges Fischerboot bei hohem Wellengang. Carolin hatte sich stocksteif in ihren Sitz gedrückt und gefleht, es möge endlich aufhören.

Der Anflug auf Mallorca hatte sie dann wieder einigermaßen versöhnt. Zum einen verteilte die Stewardess ihre Lieblingsschokolade, zum anderen war der Blick nach unten bei wolkenlosem Himmel spektakulär: das smaragdfarbene Wasser mit den kleinen Gischtkrönchen, der helle Sandstrand, der die Insel umsäumte, die schönen weißen Bauten – es sah aus wie gemalt.

Paul war auch pünktlich da gewesen und hatte widerspruchslos den pinkfarbenen Trolley mit sich gezogen und in den Jeep gehievt.

Zuerst waren sie durch Palma gefahren, hatten ewig im Stau gestanden, eingeklemmt zwischen Reisebussen und spanischen Autos. Dann war Paul irgendwo abgebogen, und nun bretterte er über eine Schotterstraße, die kein Ende mehr nehmen wollte.

„Noch zwei Kurven, dann sind wir da“, kündigte er nun munter an.

„Hm“, machte Carolin und zählte mit. „Das waren zwei Kurven“, ächzte sie. Die Sonne brannte unerträglich intensiv auf ihren Kopf. Die Basecap lag natürlich in ihrem Trolley. Aber wer hätte auch gedacht, dass man eine Kopfbedeckung brauchen würde, wenn man vom Flughafen abgeholt wird!

Ihr Vater zwinkerte ihr aufmunternd zu. „Vielleicht waren es doch drei Kurven.“

„Oder dreißig“, knurrte Carolin etwas missmutig vor sich hin.

Paul drosselte die Geschwindigkeit. „Und schon sind wir da.“ Er bog um die Ecke, fuhr eine kleine von Sträuchern gesäumte Auffahrt entlang und hielt vor einer ockerfarbenen Finca mit grünen Fensterläden und einem weitläufigen Rasen rundherum.

„Boah!“, staunte Carolin. „Hier wohnst du?“

„Willkommen in meinem bescheidenen Heim“, nickte Paul.

Bescheidenes Heim, wiederholte Carolin in Gedanken. *Alles klar, Paps. Das sieht eher nach Luxusvilla aus.*

Paul stieg aus und öffnete ihr die Tür. Dann holte er den pinkfarbenen Trolley aus dem Kofferraum. Als er an der schweren hölzernen Tür der Finca klingelte, öffnete ihm eine ältere dunkelhaarige Frau, die einen hellgrünen Staubwedel in der Hand hielt.

„Hola, Maria", begrüßte Paul sie. Er deutete auf Carolin. „Das ist Carolin, meine Tochter aus Deutschland. Caro, das ist Maria, meine Hausperle. Normalerweise kommt sie einmal in der Woche zum Putzen. Sie wohnt ein paar Häuser weiter. Aber sie hat sich bereit erklärt, während deines Aufenthalts hier jeden Tag für uns zu kochen. Sie spricht übrigens auch ganz gut Deutsch."

Maria nickte ihr freundlich zu. „Hola, Carolina." Ihre dunklen Augen blitzten. „Herzlich willkommen!"

Hausperle ... „Hola", murmelte Carolin leicht verdattert und folgte ihrem Vater in das Haus. Dabei kam sie aus dem Staunen nicht mehr heraus. Der Fußboden war aus dunkelroter Terrakotta, die Wände blütenweiß. Sie folgte Paul in das, was wohl das Wohnzimmer sein musste. Es war ein großer Raum mit einer weiten Fensterfront, die den Blick freigab auf eine von rosa und weiß blühenden Oleanderbüschen gesäumte Terrasse und einen kleinen ovalen Swimmingpool.

Erschöpft von der Reise ließ sich Carolin auf die Couch fallen und sah sich staunend um. In einer Ecke stand eine hölzerne Erdkugel, die als Bar diente, in der anderen ein überdimensional großer Flachbildschirm. *Hammer! Wenn ich da an unseren vorsintflutlichen Fernseher zu Hause denke,* schoss es ihr durch den Kopf.

Maria kam herein mit einem Tablett, auf dem zwei hohe Gläser mit einer dunkelroten Flüssigkeit standen. Paul nahm die beiden Gläser und drückte eines davon Carolin in die Hand. „Maria hat uns einen kleinen Willkommensdrink zubereitet." Er stieß mit der noch immer ziemlich geplätteten Carolin an. „Herzlich willkommen auf Mallorca, Caro! Du glaubst gar nicht, wie sehr ich mich über deinen Besuch freue."

Carolin nippte an dem Cocktail. Er schmeckte ganz anders als die Säfte zu Hause. „Mhmm, lecker, was ist das?"

„Maracuja, Mango, Orange und Kaki, frisch gepresst", zählte Paul auf. Er verdrehte genüsslich die Augen. „Mein Lieblingsdrink. Maria ist eine Zauberin."

Super!, dachte Carolin etwas angesäuert. *Du hast hier eine Perle, die dir frische Drinks mixt, während Ines zeitweise nicht wusste, woher sie das Geld nehmen sollte, um uns was zu essen zu kaufen. Richtig gemein!* Carolin betrachtete ihren Vater aus den Augenwinkeln. Doch eigentlich konnte sie sich gar nicht so recht vorstellen, dass er den Unterhalt absichtlich nicht leistete. *Vielleicht ist er ja einfach nur schusselig und vergisst die Termine? Oder die spanischen Banken sind schuld? Vielleicht dauern die Überweisungen eine Ewigkeit und gehen manchmal auch verloren?*

Carolin schlürfte ihren Drink leer, während sich Paul mit Maria wild gestikulierend auf Spanisch unterhielt. *Oder steckt was ganz anderes dahinter?* Carolin stellte das leere Glas zurück auf den Tisch. *Was Illegales? Vielleicht gehört ihm das alles gar nicht? Vielleicht gehört die Finca Mafiosi, die auf diese Weise ihr Geld waschen, und Paps muss bei den schmutzigen Geschäften mitmachen, weil er erpresst wird ...*

„Caro", unterbrach ihr Vater sie. „Kommst du?"

Carolin stand auf. *Ich muss ihn dringend darauf ansprechen,* beschloss sie. *Nicht jetzt, aber später.*

„Maria hat dir ein Zimmer gerichtet", erklärte Paul, schnappte sich wieder den pinkfarbenen Trolley und marschierte mit großen Schritten in den Flur voraus. Vor der übernächsten Tür blieb er stehen, drückte die Klinke und ging hinein. Carolin folgte ihm. „So, das ist deine Bleibe", sagte er und beförderte den Trolley schwungvoll auf das schmiedeeiserne Doppelbett, das mit einem schönen sonnengelben Bezug bezogen war. Das Fenster bedeckten sonnengelbe Vorhänge, an den Wänden hingen zwei große Ölbilder mit Inselmotiven. An einer Wandseite stand ein Holzschrank aus hellem Holz, daneben ein kleiner Schreibtisch mit Stuhl.

„Pack erst mal aus und richte dich ein. Ich ruf dich dann, wenn das Essen fertig ist", meinte Paul und schloss die Tür hinter sich.

Etwas unschlüssig stand Carolin in dem fremden Raum. Einige Augenblicke lang fühlte sie sich etwas verloren. Sie fuhr sich durch ihre Haare und schnaufte tief durch. Dann machte sie sich über ihr Gepäck her. Sie kramte zuerst Sternentänzers Bild hervor und stellte es auf den Schreibtisch. Anschließend legte sie ihre T-Shirts und ihre Shorts in den Schrank, die darin fast verloren wirkten. In eine Schublade ordnete sie ihre Unterwäsche und ihre Badesachen, in die nächste ihre Basecap, in die übernächste die Tüte mit Sternentänzers Leckerli. Dann schloss sie den Trolley mitsamt den gesammelten Arzneimitteln ihrer Mutter und verstaute ihn im Schrank.

Als alles eingeräumt war, ließ sie sich auf das breite Bett plumpsen. Es war ein komisches Gefühl, hier zu sein. Sie ließ sich nach hinten fallen, betrachtete die sonnengelbe Decke und spürte, wie sich leichte Sehnsucht nach zu Hause ausbreitete. Entschlossen stand sie auf, näherte sich dem Fenster, zog die Vorhänge zurück und blickte hinaus. Über einen weiten Olivenhain konnte sie hinunter zum Meer schauen, auf dem die Sonnenstrahlen silbern schimmerten.

„Cool", murmelte Carolin andächtig. Sie konnte es kaum erwarten, die Füße ins Wasser zu stecken. Sie war noch nie am Meer gewesen und war schon mächtig gespannt darauf, ob das Wasser tatsächlich salzig war.

„Caro." Ihr Vater klopfte an die Tür.

Carolin drehte sich um. „Kannst reinkommen."

„Kommst du essen?"

Maria hatte auf der Terrasse neben dem Pool gedeckt. Auf dem großen Tisch lag eine bunte Tischdecke, darauf standen kunstvoll bemalte Keramikteller und Schüsseln. In die Mitte des Tisches hatte sie zwei Windlichter aus Glas platziert, deren Kerzenschein im leichten Wind hin und her tanzte, daneben einen Brotkorb mit aufgeschnittenem Weißbrot.

„Setz dich, Caro!" Paul deutete auf den Platz mit Blick

auf den Pool. Er setzte sich gegenüber. „Du hast bestimmt Hunger."

Maria kam und stellte vor Carolin und Paul einen Teller mit etwas, was aussah wie geräucherter Schinken.

„Was ist das?", fragte Carolin neugierig.

„Serrano-Schinken." Paul wickelte eine Scheibe um seine Gabel. „Der beste Schinken der Welt. Zergeht auf der Zunge, probier!"

Höchst skeptisch kostete Carolin ein kleines Stück und stellte fest, dass der Schinken tatsächlich köstlich schmeckte. Sie holte sich ein Stück Brot dazu - es hatte einen viel intensiveren Geschmack als das Baguette aus der Bäckerei Bauer in Lilienthal.

Mit großem Appetit verputzte Carolin etliche Scheiben von dem Schinken. Dabei schielte sie immer wieder auf den Pool und das Meer in der Ferne. Der Abendhimmel schillerte inzwischen in allen erdenklichen Rot- und Orangetönen und tauchte alles in ein mildes Licht.

Maria räumte das leere Geschirr weg und kam kurz darauf mit dem nächsten Gang. Sie brachte zwei Teller voller dampfender Nudeln mit Soße. Es roch so gut, dass Carolin gar nicht erst lange fragte, was das war, sondern gleich aß.

„Maria macht die besten Spaghetti Bolognese der Welt", erklärte Paul, bevor auch er sich genüsslich über seinen Teller hermachte.

Nach den Nudeln servierte Maria noch einen Nachtisch, der sich *Crema Catalana*, katalanische Creme, nannte und herrlich cremig schmeckte.

Als Maria schließlich alles abgeräumt hatte, lehnte sich Carolin zurück. „Das war echt lecker", lobte sie.

Paul strahlte über das ganze Gesicht. „Hab ich dir zu viel versprochen? Es ist doch traumhaft hier, oder?"

Carolin sah sich um. Es war inzwischen dunkel geworden. Tausende Sterne funkelten am Himmel, die Grillen zirpten, und es duftete intensiv nach Oleander. Die Luft war weich wie Samt. „Doch, es ist schön hier", musste sie zugeben.

Da klingelte das Telefon. Paul stand auf und ging ins Haus. Gleich darauf kam er wieder und reichte Carolin den Hörer. „Deine Mutter."

Carolin meldete sich. „Hi, Mam."

„Caro, wie geht's dir? Bist du gut angekommen?", stieß Ines gleich besorgt hervor. „Wie war der Flug? Hat alles geklappt? Warum meldest du dich denn nicht?"

Typisch! Carolin schmunzelte über den besorgt-aufgeregten Ton ihrer Mutter. „Alles bestens, Mam. Ich sitze hier mit Paps auf der Terrasse seiner Finca und hab grad superlecker gegessen."

„Dann ist es ja gut, Schatz." Ines' Stimme klang ein wenig erleichtert. „Ich hör jetzt auch gleich wieder auf, sonst wird das Gespräch zu teuer, viel Spaß und meld dich mal, verstanden?"

„Mach ich, Mam", versprach Carolin und reichte das Telefon ihrem Vater.

Der schaltete es aus und lehnte sich zurück.

„Paps", begann Carolin schließlich nach einer Weile. Da gab es noch etwas zu klären. Etwas Wichtiges. Das Allerwichtigste.

„Was denn?“

„Wenn Sternentänzer kommt, also mein Pferd, wo kann ich ihn dann unterstellen?“, wollte Carolin wissen.

„Na ja“, antwortete Paul lässig. „Das ist doch kein Problem. Das binden wir an einem Olivenbaum an.“ Er deutete auf den Olivenhain. „Such dir einen aus.“

„Oh nein!“ Empört funkelte Carolin ihren Vater an. „Das geht gar nicht. Was ist, wenn es regnet oder kalt wird? Sternentänzer kann auf keinen Fall im Freien bleiben!“

„Caro“, fiel Paul ihr grinsend ins Wort. „Das war doch nur ein Scherz. Zu der Finca gehört auch ein kleiner Stall. Ich hab den noch nie genutzt. Aber da ich weiß, wie sehr dir dein Pferd am Herzen liegt, hab ich ihn etwas herrichten lassen. Es wird deinem Sternentänzer an nichts fehlen, versprochen!“

Erleichtert schnaufte Carolin durch.

Paul beugte sich nach vorne und legte seine Hand auf ihren Arm. „Ich hab viel Mist gebaut in der letzten Zeit, Caro. Ich hab eine Menge gutzumachen. Dieser Streit um das Sorgerecht war wirklich eine Schnapsidee. Und dass ich dich wegen deines Freundes vor dem Kino so angemotzt hab, war auch nicht richtig. Ich bin zwar nach wie vor der Meinung, dass du zu jung bist für einen Freund, aber es war weder die richtige Art und Weise noch der richtige Ort, meine Meinung kundzutun.“ Er hielt inne und blickte Carolin in die Augen. „Ich möchte mich dafür bei dir entschuldigen. Du bist meine Tochter, und du bist für mich das Wichtigste auf der Welt.“ Er schluckte bewegt.

Versöhnlich legte Carolin ihre Hand auf seine. „Schon gut, Paps! Vergeben und vergessen“, sagte sie dabei großzügig und meinte es auch so.

„Das heißt, du gibst mir noch eine Chance?“, vergewisserte sich Paul und setzte seinen Dackelblick auf.

Ein Lächeln umspielte Carolins Lippen. „Klar, Paps. Deswegen bin ich doch gekommen“, sagte sie – obwohl das nicht ganz der Wahrheit entsprach. Dann hob sie den Kopf und blickte in den spanischen Sternenhimmel.

Ein toller Ferientag am Strand

Am nächsten Morgen wurde Carolin von einem vorwitzigen Sonnenstrahl geweckt, der durch die nicht ganz zugezogenen sonnengelben Vorhänge tanzte. Sie öffnete die Augen und streckte sich wohlig. Sie hatte tief, fest und traumlos geschlafen. Mit einem Satz hüpfte sie aus dem Bett, eilte zum Fenster und öffnete es. Ein Schwall weicher, warmer Luft kam ihr entgegen. Sie stützte sich auf den Ellbogen ab und blickte versonnen auf das Meer, das in der Ferne verheißungsvoll glitzerte.

„Caro." Ihr Vater klopfte an die Tür. „Bist du schon wach? Kommst du zum Frühstück?"

„Gleich!" Rasch schlüpfte Carolin in ihre auf Knielänge abgeschnittenen Jeans, zog ein weißes T-Shirt und ihre Flipflops dazu an. Dann kramte sie ihre Zahnbürste hervor und eilte nach draußen. Etwas ratlos stand sie auf dem Gang. „Wo ist denn hier das Badezimmer?", überlegte sie.

Sie machte sich auf die Suche, öffnete die nächstliegende Tür und stand in der Küche. Der Raum war ziemlich groß. Rote Tomatenzöpfe und Knoblauchstränge baumelten von den kalkweißen Wänden. An einer Seite stand ein großer Herd. Auf dem langen Arbeitstisch lagen frische Früchte, die darauf warteten, verarbeitet zu werden. Daneben auf einer Anrichte standen etliche Gläser mit Tomatensoße und eingelegten Oliven.

Carolin schloss die Tür und öffnete die nächste. „Boah!", staunte sie. Das Zimmer, in das sie guckte, sah nach Büro aus. In der Mitte des Raumes befand sich ein riesiger Schreibtisch aus dunklem Holz. Darauf gab es zwei hochmoderne Computeranlagen, dazwischen lag ein aufgeklappter Laptop. Rechts hinten prangte ein zweiter monstergroßer Flachbildfernseher. „Manno, Paps!" Beeindruckt blies Carolin die Backen auf. „Das muss doch alles schweineteuer sein!"

Hinter der nächsten Tür verbarg sich schließlich das Badezimmer. Was heißt Badezimmer?! Pauls Bad war fast doppelt so groß wie das Bad im Ahornweg. Es gab zwei Waschbecken, eine große, runde Badewanne, alle Fliesen waren sonnengelb. Die Wasserhähne sahen fast aus wie Kunstwerke. Carolin benötigte drei Anläufe, um herauszufinden, wie man das Wasser zum Laufen bekam.

Geschwind putzte sie sich die Zähne und wusch ihr Gesicht. Zuletzt befeuchtete sie ihre Handflächen und fuhr sich so lange durch die Haare, bis sie einigermaßen in Form lagen.

Danach flitzte sie auf die Veranda, wo ihr Vater hinter einer Zeitung saß. Als er Carolin kommen hörte, faltete er seine Morgenlektüre zusammen und legte sie zur Seite. „Guten Morgen, Tochter."

„Morgen, Paps." Carolin setzte sich an den Tisch und musterte ihren Vater etwas misstrauisch. *Ob er doch in krumme Geschäfte verwickelt ist? Wie sonst kann er sich so eine Hammervilla leisten?*

Mit einer ausladenden Geste deutete Paul über den reich gedeckten Tisch. „Ich wusste nicht mehr so genau, was du zum Frühstück magst. Ich hoffe, es ist etwas dabei, was dir schmeckt."

Wie auch, Paps? Das letzte Mal, als wir zusammen gefrühstückt haben, ist Lichtjahre her! Hungrig begutachtete Carolin die Leckereien. In einem Schälchen lagen frische Mangoschnitze, in einem anderen frische Ananasscheiben, ein weiteres war gefüllt mit Joghurt. Der Brotkorb war voll mit frischen Brötchen und Croissants, daneben standen drei verschiedene Sorten Marmelade. Daneben eine Karaffe mit frischem Orangensaft.

Maria goss ihr aus einer Kanne dampfenden Kakao in die Tasse. Er duftete wie frisch zubereiteter Schokopudding. Carolin konnte nicht widerstehen und tunkte gleich ihren Löffel hinein. Es roch nicht nur wie Schokopudding, es schmeckte auch so.

Paul nickte ihr aufmunternd zu. „Wie wär's denn mit Joghurt und frischen Früchten?"

Als Carolin nickte, füllte Paul ein Schälchen und reichte es ihr über den Tisch. Carolin kostete und war begeistert von dem intensiven Geschmack. *Adiós, Schokopops,* dachte sie genüsslich.

Paul nahm einen Schluck von seinem Kaffee. „Ich dachte, wir gehen heute mal ans Meer. Was meinst du?"

„Au ja", nickte Carolin mit vollem Mund.

In diesem Moment klingelte Pauls Handy. „Ja, hallo?", meldete er sich. „Schon morgen? ... Ah gut, bis dann." Er drückte das Handy aus und steckte es wieder ein.

„Caro, das war die Transportfirma, morgen am späten Nachmittag bringen sie dein Pferd."

„Juhu!", schmatzte Carolin. *Wenn jetzt auch noch mein geliebter Sternentänzer hier ist, werden das die besten Ferien aller Zeiten,* dachte sie voller Vorfreude. Doch es sollte ganz anders kommen.

Am nächsten Tag schwappten träge kleine Wellen langsam über den hellen Sandstrand der pinienumrahmten Bucht. Eine Schar Möwen schwebte unter wildem Geschrei und Gelächter über das türkisfarbene Meer. Carolin näherte sich vorsichtig dem Wasser, das dicht vor ihren Füßen in langen, schaumgekrönten Wellen auslief. In der linken Hand hielt sie ihre Flipflops, in der rechten Sternentänzers Zügel.

Sternentänzer hatte den Transport ohne Probleme überstanden. Nach einer innigen Begrüßung hatte Carolin den Hengst gleich gesattelt und war mit ihm losgeritten. Er musste dringend bewegt werden.

Paul hatte ihr den Weg zu einer kleinen Sandbucht ganz in der Nähe gezeigt und war danach zur Finca zurückgekehrt. Wegen dringender Geschäfte. Zuerst war Carolin ein wenig enttäuscht gewesen, dass er gleich wieder verschwunden war. Nun genoss sie das Meer in vollen Zügen.

„Ihhh!", kreischte sie vergnügt, als die kleinen Wellen ihre nackten Zehen umspülten. „Das fühlt sich lustig an, Sternentänzer! Es kitzelt ein bisschen!" Aufgedreht lief sie immer weiter in die Gischt, bis sie bis zu den Knien im Meerwasser stand. Sternentänzers Zügel hatte sie losgelassen.

Der mondhelle Araberhengst wartete am Strand und schien sie zu beobachten.

Immer wieder drehte sich Carolin zu ihm um. „Das ist so genial, Sternentänzer!", juchzte sie. Sie tauchte ihre Finger ins Meer und schleckte daran. „Und das Wasser schmeckt echt voll salzig!" Übermütig hüpfte sie jedes Mal, wenn eine Welle kam in die Höhe. „Juhuuu!" Sie fiel in die Hocke und tauchte ihre Arme ganz tief in das Wasser, dann spritzte und planschte sie darin herum, bis ihr T-Shirt nass war. „Jippiiiieh!"

Als sich Carolin ausgetobt hatte, lief sie zu Sternentänzer und schwang sich auf seinen Rücken. „Los, mein Süßer, lauf!"

Nur zu gerne setzte sich der prächtige Schimmel - leicht wie eine Feder - in Bewegung. Es war ein herrliches Gefühl, auf Sternentänzer den Sandstrand entlangzutraben. Carolin warf den Kopf in den Nacken, blinzelte in die Sonne und genoss den Ritt. Genau wie Sternentänzer. Seine Mähne flatterte im Wind, sein Schweif war hoch erhoben. Man merkte, dass er Freude an der Bewegung hatte - klar, nach dem tagelangen Transport.

Am Ende der Bucht hielt Carolin ihr Pferd an. „Wir sind ja nicht zum Spaß hier, Sternentänzer", murmelte sie vor sich hin. Sie legte die Hand über die Augen und ließ ihren Blick schweifen. „Der Strand hier ist traumhaft, sieht aber gar nicht aus wie der Strand aus meiner Vision."

Sie versuchte, sich an ihre Vision zu erinnern. Für einen Moment tauchte der Innenhof von Schloss Amorbach bei Grünstadt vor ihrem geistigen Auge auf. Die geheimnisvolle, von dunkelroten Rosen umrankte Pforte. Eine Liebespforte sollte es sein, zumindest der Sage nach. Und da Carolin damals wegen des anstehenden Streits um das Sorgerecht von Ferdi getrennt war, hatte sie beschlossen, mit Sternentänzer durch diesen Torbogen zu reiten. Es hatte eine Weile gedauert, bis sie Sternentänzer so weit hatte, dass er das tat.

Und dann war etwas geschehen, was Carolin noch nie passiert war. Normalerweise hatte sie diese Zukunftsvisionen nur, wenn sie in Vollmondnächten auf ihrem magischen Pferd ausritt. Niemals am Tag und ohne Vollmond – jedenfalls bis zu jenem merkwürdigen Tag unter der Pforte. Dort hatte sie erstmals eine Tagesvision erlebt. Noch dazu eine überaus merkwürdige. Sie hatte Felsen gesehen, die einen Strand halbkreisförmig begrenzten. Palmen, die sich sacht im Wind bewegten. Hellblaues, klares Wasser, das in schaumgekrönten Wellen auslief. Einen langen, feinen Sandstrand, den sie auf Sternentänzer entlangritt.

Noch einmal blickte sie den Strand entlang. „Nein, so sah der nicht aus", murmelte sie und schüttelte den Kopf.

Carolin blieb noch eine ganze Weile am Meer und

jagte mit ihrem Pferd am Strand entlang. Erst gegen Abend kehrte sie zurück zur Finca und brachte Sternentänzer in den Stall.

Ihr Vater hatte nicht zu viel versprochen. Es war ein perfekter Stall. Sogar eine vergitterte Box gab es darin. In einer Stallecke standen Putzzeug und ein Besen. Daneben befanden sich Heu, Stroh und Pferdefutter in großen Mengen.

Carolin spritzte Sternentänzer behutsam ab, versorgte ihn und lief dann über den Garten am Pool vorbei durch die offene Terrassentür in die Finca. Maria war im Wohnzimmer und wischte Staub.

„Hola, Maria", grüßte Carolin vergnügt. „Wo ist mein Vater?"

„Weiß nicht", antwortete Maria knapp, ohne mit dem Staubwischen aufzuhören.

„In seinem Büro?"

„No, no, no!"

Dann eben nicht! Carolin zuckte mit den Schultern und zog sich in ihr Zimmer zurück. Sie kramte ihr Handy hervor.

„Fünf SMS", stellte sie grinsend fest. Sie warf sich der Länge nach auf das Bett und klickte eine SMS nach der anderen auf. „Hi, Carolinchen, ich vermiss dich jetzt schon ohne Ende. Tausendeinhundert Küsse, Ferdi."

Die nächste SMS war von Lina. „Caro, hast du das Geheimnis der Vision schon lüften können? Hast du den geheimnisvollen Strand schon gefunden? Meld dich mal, ich platz vor Neugier, Lina."

Carolin musste schmunzelte und las weiter. „Hi, Stiefschwesterchen, es ist öde ohne dich. Hoffe, dir geht's gut. Gruß Thorben."

Und noch eine SMS von Ferdi: „Hi, Carolinchen, einen dicken Gutenachtkuss, Ferdi."

Carolin rollte sich zur Seite. *Ach Ferdi, ich vermiss dich auch! Und dich auch, Lina. Es ist voll schön hier, aber ohne euch ist der schönste Platz der Welt nur halb so schön.*

Pling! machte in diesem Moment ihr Handy. Carolin klickte die SMS auf. „Hi, Caro, ich platze vor Spannung. Hast du jetzt schon herausgefunden, warum du nach Mallorca solltest? Meld dich doch mal! Lina."

Carolin wählte Linas Nummer und tippte eine SMS. „Hi, Lina, es ist super hier. Ich war mit Sternentänzer auch schon am Strand, hatte aber bisher nicht den Hauch einer Vision. Liebe Grüße Caro."

Pling! „Da hilft nur eins: Abwarten und Jasmintee trinken, wie Ami sagen würde. Lina."

„Und wenn wir alles falsch interpretiert haben? Wenn Sternentänzer gar nicht wollte, dass ich nach Mallorca fahre?"

Pling! „Sternentänzer irrt sich nie und Ami auch nicht. Es muss einen wichtigen Grund geben, warum du nach Mallorca solltest. Lina"

„Aber welchen?"

Pling! „Das wirst du zur rechten Zeit schon erfahren. Lina."

„Aber wie? Soll ich jetzt alle Strände auf der Insel abreiten, bis ich den aus meiner Vision finde?"

Pling! „Zur richtigen Zeit wirst du auch die richtigen

Antworten kriegen, und tschüss! Ich muss jetzt zu Ami. Gruß Lina."

„Tschüss, Lina!"

Carolin schickte noch eine SMS an Ferdi, dann packte sie ihr Handy auf den Nachttisch. Sie verschränkte die Arme hinter dem Kopf und starrte nachdenklich an die Zimmerdecke.

Schock am Morgen

Pling! machte es und gleich noch einmal pling! Schlaftrunken tastete Carolin nach dem Handy auf ihrem Nachttisch und klickte die SMS auf.

„Guten Morgen, Carolinchen. Ich hab dich lieb von hier bis zum Mars“, lautete die erste SMS. „Und wieder zurück, Ferdi!“, stand in der zweiten.

Wohlig kuschelte sich Carolin in ihre Decke. Nun war sie schon mehrere Tage auf der Insel und genoss ihre Ferien. *Ferdi, ich vermiss dich auch! Aber Mallorca ist eigentlich auch ziemlich cool,* dachte sie und freute sich auf den Tag, der vor ihr lag. Frühstücken, mit Sternentänzer an den Strand reiten, durch das Wasser preschen, eine Runde im Meer schwimmen, ein leckeres Abendessen und danach ein Bummel durch Palma – so war der Plan.

Carolin streckte sich. Bevor sie aufstand, schickte sie noch rasch eine SMS an Ferdi. Dann holte sie das neue türkisfarbene Shirt aus dem Schrank, das Paul ihr gestern mitgebracht hatte, schlüpfte in ihre Jeans und in ihre Flipflops. Geschwind huschte sie ins Bad und erschien bestens gelaunt auf die Veranda. Der Tisch war gedeckt wie jeden Morgen. Doch ihr Vater war nicht da, wie sonst an jedem Morgen.

„Hola", begrüßte Carolin Maria, die mit dem Kakao auf die Veranda kam. „Wo ist denn mein Paps?"

„Kommt später mit Besuch", erklärte Maria und legte ein weiteres Gedeck auf.

Besuch?, überlegte Carolin. *Klar, Paps hat ja bestimmt auch Freunde und Bekannte auf der Insel. Bisher hab ich ihn immer nur allein gesehen.*

In diesem Moment trat er auch schon durch die Tür. Hinter ihm war eine junge Frau mit langen schwarzen Locken, die sie mit einer zurückgeschobenen dunklen Sonnenbrille aus ihrem Gesicht hielt. Die Frau trug ausgefranste Jeans, eine hellrote Bluse und ebenso hellrote Espandrillos. In ihren Ohren steckten große silberne Kreolen, und ihren Hals schmückte eine lange bunte Kette.

„Morgen, Caro." Paul nickte ihr kurz zu, dann setzte er sich.

Die junge Frau nahm ganz selbstverständlich auf dem Stuhl neben ihm Platz.

„Morgen, Paps", murmelte Carolin etwas irritiert über die morgendliche Besucherin.

„Caro, das ist Carmela. Carmela, das ist Caro", stellte Paul kurz vor. Dann nahm er sich ein Stück Weißbrot aus dem Brotkorb. „Guten Appetit allerseits."

Carmela und weiter?, dachte Carolin und musterte die junge Frau aus den Augenwinkeln. Sie hatte ein ebenmäßiges Gesicht, schöne perlweiße Zähne und die leicht olivfarbene Haut der Spanierinnen. *Sie dürfte nicht viel älter sein als ich,* ging es Carolin durch den Kopf, während sie in ihrer Kakaotasse rührte. *Vielleicht soll sie sich mit mir beschäftigen? Mir Gesellschaft leisten und mir die Insel zeigen? Vielleicht hatte Paps bis heute Urlaub und muss nun wieder arbeiten? Vielleicht reitet sie ja und soll mich begleiten?* Carolin zog den Löffel aus der Tasse und schleckte ihn ab. *Warum nicht? Sie sieht ja ganz sympathisch aus. Vielleicht kann ich mit ihr auch ein bisschen Spanisch sprechen. Das, was ich zu Hause eingeübt hab, anwenden. Wär cool!*

„Na, Tochter, hast du gut geschlafen?", fragte Paul vergnügt, während er großzügig Butter und Quittenmarmelade auf seinem Brot verteilte.

„Bestens", nickte Carolin und spähte auf dem Tisch umher. Ihr Blick fiel auf ein Schälchen mit eierförmigen rötlich grünen Früchten. „Was ist denn das?"

„Kakteenfrüchte", klärte Carmela sie auf. Sie hatte eine tiefe, aber sympathische Stimme. „Sie wachsen an den Kakteen, schmecken herrlich, sind aber furchtbar stachelig", erklärte sie in gutem, beinahe akzentfreiem Deutsch. „Es ist nur sooo schwer, sie zu ernten." Carmela rollte mit ihren dunklen Augen.

„Und wie isst man die?", wollte Carolin wissen.

Carmela nahm ihre Gabel und pickte damit in eine Frucht. In der anderen Hand hielt sie ein Messer und begann, die Frucht zu schälen. „Am besten ohne sie zu berühren", lächelte sie. „Aber auch dann bist du nicht sicher vor ihren kleinen, feinen Stacheln."

„Carmela kennt sich aus mit den Früchten der Insel",

mischte sich ihr Vater ein und legte dabei den Arm um Carmelas Stuhllehne.

Mit zusammengezogenen Augenbrauen und einem leichten Grummeln in der Magengegend beobachtete Carolin die kleine Geste. Doch es war nicht nur die Geste – da war auch etwas in Pauls Stimme, was Carolin zutiefst irritierte.

„Dein Vater übertreibt", lachte Carmela etwas verlegen und ließ ihre perlweißen Zähne blitzen.

Plötzlich wanderte Pauls Arm von der Stuhllehne auf Carmelas Schultern. Er drückte sie kurz an sich. „Ganz und gar nicht."

Warum drückt er diese Frau so vertraut? Sie soll mir doch nur die Insel zeigen, oder? Das Grummeln in Carolin Bauch wurde stärker. Ein Verdacht keimte in ihr hoch.

„Du isst ja gar nichts, Caro", unterbrach ihr Vater sie. Er nahm seinen Arm von Carmelas Schulter und reichte Caro die Joghurtschale. „Hier."

Vielleicht hab ich mich ja geirrt? Bestimmt. Das war eine ganz harmlose Umarmung, versuchte Carolin sich zu beruhigen, während sie einen Löffel Joghurt in ihr Schälchen gab.

Als sie aufsah, bemerkte sie, wie Paul Carmela einen Blick zuwarf. Einen vertrauten, innigen, herzlichen Blick. *Ich hab mich wohl doch nicht geirrt,* mutmaßte Carolin nun.

Carmela nahm die Kaffeekanne und stand auf. „Ich hol noch etwas Kaffee."

„Das kann doch Maria machen", sagte Paul und wollte

Carmela am Arm festhalten. Doch sie war schon entwischt.

„Paps“, begann Carolin etwas zögerlich, als Carmela außer Hörweite war.

„Was gibt's denn?“

Carolin holte tief Luft. „Wer ist Carmela? Was macht sie hier? Warum hast du sie hierher gebracht?“

Paul nahm die Serviette und tupfte sich die Mundwinkel ab. Dann beugte er sich ein Stück nach vorne und sah Carolin mit festem Blick an. „Carmela ist meine Freundin, Caro.“

Carolin hüstelte, schluckte, hüstelte und schluckte nochmals. „Deine was?“

„Meine Freundin“, wiederholte Paul.

„Aber ...“ Carolin schluckte erneut. „Paps, das kann doch nicht sein! Die ist doch viel zu jung für dich“, stieß sie dann empört hervor.

„Carmela ist einundzwanzig“, erklärte Paul ruhig.

„Und du bist zweiundvierzig, Paps!“

„Das weiß ich, Caro.“ Paul war weiterhin die Ruhe selbst. Eindringlich blickte er seine Tochter an. „Spielt das wirklich eine Rolle, Caro?

Na ja, Paps, irgendwie schon! Als du einundzwanzig warst, konnte Carmela noch nicht mal Papa sagen. Als du deinen Führerschein gemacht hast, war Carmela noch nicht mal geplant. Als du mich gewickelt hast, hat Carmela noch mit Barbies oder was weiß ich gespielt ...

Paul hob den Blick und sah zur Tür.

Dort stand Carmela mit zwei Kannen in der Hand. „Caro, ich hab dir auch gleich noch etwas Kakao mitgebracht", verkündete sie fröhlich und wollte nachgießen. Doch Carolin war schneller und legte ihre Hand über ihre Tasse. *Oh nein! Von dir will ich gar nichts. Nada! Nicht mal Kakao,* dachte sie wütend. So sympathisch ihr die junge Frau noch vor wenigen Minuten gewesen war, so sehr hasste sie sie nun.

„Ich stell die Kanne auf den Tisch, vielleicht magst du ja später noch was", meinte Carmela und goss Paul Kaffee ein.

Voller Abscheu beobachtete Carolin sie dabei.

„Danke, Carmela."

„Bitte, Paul", flötete Carmela.

Bitte, Paul, wiederholte Carolin in Gedanken. *Schleim, schleim! Musst du dich ausgerechnet an meinen Vater ranmachen? Kannst du dir nicht irgendeinen gutaussehenden Spanier in deinem Alter suchen?*

„Hast du denn schon viel von Mallorca gesehen, Caro?" erkundigte sich Carmela, als sie wieder saß.

Das geht dich einen feuchten Kehricht an!, dachte Carolin und starrte in ihren Joghurt.

„Caro ist meistens mit ihrem Pferd unterwegs", sprang Paul in die peinliche Stille ein.

Paps, lass bloß meinen Sternentänzer aus dem Spiel!

„Ach, du reitest?", fragte Carmela freundlich weiter. „Ich auch. Seit ich ein Kind bin."

Lass mich einfach in Ruhe!, wütete Carolin in Gedanken und pumpte vor Wut und Enttäuschung wie ein Maikäfer.

„Caro hat ihr Pferd extra aus Deutschland mitgebracht", erklärte Paul.

Carmela wandte sich wieder an Carolin. „Vielleicht können wir ja mal zusammen was unternehmen?“

Ich mit dir? Carolin spürte, wie sie vor Wut rote Backen bekam. *Nicht in hundert Jahren! Ach was, nicht in hunderttausend Jahren werd ich was mit dir unternehmen!*

„Das ist eine gute Idee“, meinte Paul. „Carmela kennt jede Ecke dieser Insel.“

Vergiss es, Paps! Du bist so was von daneben! Carolin sprang so heftig auf, dass der Stuhl gegen das Terrassenfenster knallte. „Ich muss jetzt zu Sternentänzer“, murmelte sie aufgebracht, ohne jemanden anzusehen, und raste durch den Garten zum Stall.

Dort drückte sie ihr Gesicht ganz fest in Sternentänzers Fell. Eine Zeit lang verharrte sie so – reglos und ganz eng an ihr geliebtes Pferd geschmiegt. Dann führte sie Sternentänzer ins Freie, streifte ihre Flipflops ab, schwang sich auf seinen Rücken und ritt los.

Ein abenteuerlicher Ausritt

Diesmal schlug Carolin nicht den üblichen Weg hinunter zum Strand ein - nach diesem Frühstück war ihr die Lust auf ein unbeschwertes Bad im Meer gründlich vergangen. Sie lenkte Sternentänzer in die andere Richtung und ritt den Weg entlang, auf dem sie mit Paul hergekommen war. An der ersten Weggabelung dirigierte sie das Pferd ins Landesinnere, dann ließ sie es einfach laufen. Die Sonne brannte auf das weite, flache Land herab.

Echt super, Paps!, dachte sie dabei und versuchte, den dicken Kloß in ihrem Hals hinunterzuschlucken. *Vielen Dank! Musste das echt sein? Musstest du mir diese Tusse zum Frühstück servieren?* Mit dem Handrücken wischte sie die Tränen der Enttäuschung weg, die über ihre Wangen kullerten. *Grad hab ich angefangen, mich wieder einigermaßen gut mit dir zu fühlen, Paps. Und dann machst du alles wieder kaputt. Wie immer. Immer musst du alles kaputt machen.* Carolin schniefte, blickte in den stahlblauen Himmel und versuchte, die Tränen wegzublinzeln.

Sie beugte sich ganz tief über Sternentänzers Hals und trieb den Hengst an. Wie immer, wenn sie ihrem Pferd nahe war, fühlte sie sich nach einer Weile wieder etwas besser. „Klar kannst du eine Freundin haben, Paps", murmelte sie vor sich hin. „Aber doch nicht so eine! Die passt doch gar nicht zu dir! Die ist viel zu jung! Die könnte meine Schwester sein."

Sternentänzer verlangsamte das Tempo und fiel in den Schritt. An einer Weggabelung führten ein breiter, ebener Fahrweg nach links und ein schmaler Pfad leicht aufwärts nach rechts. Sternentänzer zog nach rechts, doch Carolin lenkte ihn in den breiten Weg. Aber nach einigen Metern verlor der sich im Gelände. Carolin drehte um und folgte doch dem schmalen Pfad. Der wand sich in vielen Kurven weiter aufwärts. Auf den Steinen am Wegrand erkannte Carolin kleine rote Markierungspunkte für Wanderer.

Nach einer Weile wurde der Pfad beinahe eben. Er führte an Oliven- und Mandelbäumen vorbei, zwischen denen magere Ziegen weideten. Weiter hinten stand ein kleiner Schafstall, unter dessen Strohdach ein paar Schafe Schutz vor der Sonne suchten und in allen Tonhöhen blökten. Der Weg war zwar schmal, aber angenehm zu reiten. Nach ein paar Kilometern gelangte Carolin erneut an eine Wegzweigung. Diesmal zog Sternentänzer nach links. Doch Carolin dirigierte ihn in den breiteren Weg, der wieder nach wenigen Metern im Nichts endete.

„Also gut", seufzte sie und wendete. „Nächstes Mal hör ich gleich auf dich, Sternentänzer!" Sie folgte dem kleinen Hirtenpfad nach links und erreichte bald darauf ein Kiefernwäldchen. Die Bäume spendeten etwas Schatten, und der Boden war schön weich. Der würzige Duft von wilden Kräutern wie Rosmarin, Thymian und Melisse, den der Wind von irgendwoher mitbrachte, stieg Carolin in die Nase. Vereinzelt waren Vogelrufe zu hören. Carolin genoss den Ritt.

Am Ende des Wäldchens bog Sternentänzer in einen staubigen Holperweg. Carolin gab ihrem Pferd durch Schenkelhilfe das Kommando zum Umdrehen. „Komm, Sternentänzer, wir reiten heim“, entschied sie. „Ich hab schon jetzt keinen blassen Schimmer mehr, wo wir sind oder wie weit wir von der Finca weg sind.“

Doch Sternentänzer ignorierte einfach ihr Kommando. Plötzlich tauchte vor ihnen auf der kleinen Hochebene ein altes Gehöft auf. Unbeirrt trabte Sternentänzer darauf zu. Es war von einer kniehohen und mit Sträuchern und Büschen überwachsenen Steinmauer umgeben. Sternentänzer war so zielstrebig, dass es beinahe schien, als wolle er genau zu dieser alten einsamen Hacienda.

Vor einer kleinen Steinpyramide, die den Eingang zu dem Grundstück kennzeichnete, gelang es Carolin endlich mit einiger Mühe, Sternentänzer zu stoppen. „Brrrr, warte mal, Sternentänzer!“

Unwillig gehorchte Sternentänzer. Offensichtlich wollte er unbedingt den staubigen Weg weiter bis zu der Hacienda. Über der Steinpyramide baumelte etwas windschief ein Holzschild, auf dem fast unleserlich *Privado* eingeritzt war.

„Das ist Privatbesitz, da können wir nicht durch", versuchte Carolin den Hengst zu zügeln. „Brr!"

Doch Sternentänzer schien um jeden Preis genau dorthin zu wollen.

„Was willst du bloß da, Sternentänzer? Das ist ein total runtergekommener Bauernhof, da ist weit und breit kein Mensch." Carolin hielt die Hand über ihre Augen, um mehr erkennen zu können.

Es gab dort ein Wohnhaus und daneben eine Stallung. Von beiden Gebäuden bröckelte der Putz. Beim Wohnhaus war ein Teil des Daches mit einer Plane abgedeckt, die Fensterläden hingen halb herab. Der Stall sah nicht viel besser aus. Ein paar mit Brettern vernagelte Fenster, einige tiefschwarz, als seien sie verrußt. Daneben befand sich ein Ziehbrunnen. Das Land, das das Anwesen umgab, war von der sengenden Sonne ziemlich verdörrt. Weiter hinten ragte ein knorriger Olivenbaum mit einem meterbreiten, verdrehten Stamm in die Höhe. Nahe der Mauer wuchsen halbhohe, dickblättrige Kakteen mit roten, überreifen Kakteenfrüchten.

Als Sternentänzer weiter unruhig hin und her tänzelte, gab Carolin schließlich nach. „Also gut, dann schauen wir uns das mal aus der Nähe an", seufzte sie und ließ Sternentänzer den Eingang durch die Mauer passieren.

Langsam schritt Sternentänzer über den Sandweg auf den Stall zu. Das Wohnhaus ignorierte er völlig. Vor der Stallung blieb er stehen, richtete seine Ohren auf und wieherte. Sein Körper zitterte leicht.

Carolin glitt von seinem Rücken, tätschelte sanft seinen Hals und versuchte, das völlig aufgebrachte Pferd zu besänftigen. „Schscht! Ganz ruhig, Sternentänzer, ganz ruhig! Ist ja gut. Was ist denn nur los mit dir?“

Als der Hengst sich wieder einigermaßen beruhigt zu haben schien, schaute sich Carolin etwas genauer um. Sternentänzer war kein gewöhnliches Pferd, und seine seltsame Reaktion vor diesem Stall musste etwas zu bedeuten haben. Da war sich Carolin sicher. *Irgendwas macht ihn hier nervös. Aber was?*

Auf Zehenspitzen näherte sich Carolin dem Stall und versuchte, einen Blick ins Innere zu erhaschen. Doch sie konnte nichts erkennen. Die vernagelten Fenster waren zwar auf Augenhöhe, aber ohnehin blickdicht. Und die schwarzen Fenster, die von Weitem wie verrußt gewirkt hatten, waren von innen vollständig mit dunklem Stoff verhängt.

Mist! He! Eines der Seitenfenster war gekippt. Carolin näherte ihr Ohr dem offenen Spalt, um wenigstens etwas hören zu können. *Nichts. Oder doch? Da ist doch was. Oder bilde ich mir das nur ein?* Carolin hielt die Luft an und lauschte angestrengt ins Innere des Stalls. *Doch, da ist was! Ganz eindeutig.* Es hörte sich an wie ein Knistern, ein Rascheln. *Mäuse? Fledermäuse? Gibt es in Spanien Fledermäuse?* Carolin schloss die Augen, um sich ganz auf die Geräusche konzentrieren zu können. Auf einmal vernahm sie schlurfende Schritte hinter sich. Carolin fuhr herum.

„Hola!“ Ein fast kahlköpfiger, ziemlich betagter Spanier mit grauem Vollbart, einem von unzähligen Falten durchfurchten Gesicht und schmalen, verkniffenen

Lippen kam wild gestikulierend auf sie zu. Er hinkte ein wenig. In der rechten Hand hielt er einen knorrigen Stock, auf den er sich beim Gehen stützte. Der Mann war so dünn, dass seine abgetragene blaue Hose, die offensichtlich schon seit Ewigkeiten keine Waschmaschine mehr gesehen hatte, Hosenträger und Gürtel zugleich halten mussten. Seine Füße steckten in knöchelhohen, ausgetretenen Schuhen. Um seine Beine strich eine langbeinige, ebenso spindeldürre graue Katze.

Er herrschte sie auf Spanisch an. Seine Augen waren stechend und klein wie Schlitze. Sie funkelten böse.

„Entschuldigung“, murmelte Carolin verschreckt. Obwohl sie vor dem Urlaub noch einige spanische Vokabeln eingeübt hatte, verstand sie kein Wort. Aber der Ton war eindeutig gewesen.

Der alte Mann hob den Stock und fuchtelte damit wild durch die Gegend.

Carolin zog den Kopf ein. Ihr Herz klopfte vor Angst ein wenig schneller. Auf einmal schoss ein struppiger Hund auf sie zu. Baute sich vor ihr auf und kläffte sie wild an.

Gleich darauf machte der Alte mit seinem Stock eine unmissverständliche Bewegung Richtung Mauer. „Verschwinde!“ sollte das wohl heißen.

Carolin deutete auf den Hund. *Nichts lieber als das, aber ich hab Angst, dass dieses Biest mich in Fetzen reißt, sobald ich mich bewege.*

Der Alte pfiff kurz durch die Zähne. Sofort ließ der Hund von ihr ab und trottete gehorsam zu dem Mann.

Mit eiligen Schritten lief Carolin zu Sternentänzer und schwang sich, so schnell sie konnte, auf seinen Rücken. Bevor sie losritt, wandte sie sich noch einmal in die Richtung des alten Mannes. „Entschuldigung", wiederholte sie.

Ohne auf ihre Entschuldigung zu reagieren, wollte der Mann gerade mit ein paar wilden Flüchen auf den Lippen davonschlurfen. Da fiel sein Blick auf Sternentänzer. Auf seinen eleganten Kopf. Auf den kleinen schwarzen Stern auf seiner Stirn. Schlagartig erstarrte der Alte. Ein Beben schien durch seinen Körper zu gehen. Er schloss für einen Moment seine stechenden Schlitzaugen, seine dünne Unterlippe vibrierte.

Carolin beobachtete ihn völlig verwundert.

Der Mann riss die Augen wieder auf. Starrte erneut auf den kleinen Stern, ließ seinen Gehstock zu Boden fallen. Plötzlich legte er seine linke knochige Hand auf seine Brust, dann bekreuzigte er sich. Seine Finger zitterten.

Wie angewurzelt verharrte Carolin und verfolgte das merkwürdige Schauspiel.

Schließlich bückte sich der Alte nach seinem Gehstock, hob ihn auf und fuchtelte damit ganz dicht vor Sternentänzers Kopf herum. Dann fing er plötzlich an, zu schreien und zu schimpfen. Seine Stimme klang nun noch tiefer und böser als vorher. Es klang beinahe schon hysterisch.

„Peligroso" war das einzige Wort, das Carolin verstand. Der Alte sagte es mehrmals. Es hieß gefährlich und bezog sich offenbar auf das Pferd.

Rasch griff Carolin nun nach Sternentänzers Zügel und trieb ihn an. „Komm, Sternentänzer! Nichts wie weg hier, bevor dieser verrückte Alte völlig ausrastet!", sagte sie halblaut und floh von dem Grundstück.

Der seltsame Alte

Als wäre der Teufel hinter ihnen her, jagte Carolin auf Sternentänzer den Weg zurück zur Finca. Völlig außer Atem sprang sie vor dem Stall ab. Auch Sternentänzer schien aufgebracht. Sein Herz klopfte schnell, seine Ohren waren angelegt, er schnaufte heftig, und sein Fell war nass geschwitzt.

Carolin band das Pferd im Garten fest und holte den Wasserschlauch. Sie drehte den Hahn auf und spritzte behutsam gegen Sternentänzers Beine. Der Schimmel stand ganz still und genoss die Abkühlung.

„Das war echt schräg“, murmelte Carolin, während sie ihr Pferd trocken rieb. „Warum hat sich dieser Typ so aufgeführt?“ Vorsichtig entfernte sie ein paar vorwitzige Mücken aus Sternentänzers rechtem Augenwinkel. „Gefährlich - als ob du gefährlich wärst! Das einzig Gefährliche waren der Alte und sein Hund!“

Carolin holte eine Handvoll Leckerli und hielt sie Sternentänzer hin, der sie mit einem Happs aus ihrer Hand fraß. „Du hast Hunger, mein Süßer. Nach so einem Ausflug echt kein Wunder.“ Sie holte noch eine zweite Portion und auch etwas Hafer. „Und dann dieses komische Kreuzzeichen. Was sollte das denn? Ich hab ja gehört, dass die Spanier ziemlich katholisch sind, aber das war echt schräg." Auf einmal kam Paul in den Stall geschossen. Er trug eine dunkle Hose, ein weißes Hemd, eine Krawatte und sah sehr geschäftlich aus. Als er Carolin entdeckte, schnaufte er durch. „Hier bist du!"

„Ja", antwortete Carolin knapp.

„Ich hab mir große Sorgen gemacht, Caro", fuhr er fort. Seine Stimme klang vorwurfsvoll und erleichtert zugleich. „Du hättest Bescheid geben sollen, wohin du gehst. Du kannst doch nicht einfach so verschwinden!"

„Hab doch gesagt, dass ich mit Sternentänzer ausreite", gab Carolin patzig zurück und tat so, als sei sie immer noch intensiv damit beschäftigt, das Pferd zu putzen - obwohl Sternentänzer bereits blitzsauber war.

„Wir haben dich überall gesucht, am Strand, überall."

Wir?!, wiederholte Carolin in Gedanken. *Deine Freundin und du. Super, Paps!*

„Caro, ich ...", begann Paul und fuhr sich mit beiden Händen durch die Haare.

Genau wie ich, schoss es Carolin durch den Kopf. *Wenn ich nicht mehr weiter weiß, mach ich das auch. Das muss ich von ihm geerbt haben.*

„Wir hatten doch grad wieder einen Draht zueinander gefunden", sagte er dann etwas unbeholfen und ließ die Arme wieder sinken. „Nach dem ganzen Desaster mit der Sorgerechtssache."

Hatten. Ganz genau. Hatten. Bis zu deiner netten Frühstücksüberraschung, Paps.

„Es liegt an Carmela, du magst sie nicht."

Bingo, Paps! „Mögen, was heißt mögen? Keine Ahnung, ich kenn sie ja nicht. Aber ich finde, sie ist viel zu jung für dich", erklärte Carolin schließlich und kam sich vor wie eine erfahrene alte Frau.

Paul hob den Blick und schaute ihr in die Augen. „Sie tut mir gut, Caro. Sie vertreibt meine Einsamkeit. Und sie ist reifer, als es scheint."

Schön für dich, dachte Carolin, erwiderte aber nichts.

„Alles, worum ich dich bitte, ist: Gib ihr eine Chance!"

Carolin schwieg weiter und räumte ungerührt Sternentänzers Putzutensilien in den Eimer.

„Caro, sag doch was", flehte Paul.

Carolin richtete sich auf und zog ihr T-Shirt über den Hosenbund. Paul sah aus wie ein kleiner Junge, der etwas angestellt hatte und auf die Vergebung seiner Mutter wartete. „Was gibt's zum Abendessen?", murmelte sie schließlich.

Paul nahm das als versöhnliche Geste und lächelte erleichtert. „Typisch spanische Paella."

Auch das noch, dachte Carolin. *Eine viel zu junge Freundin, ein völlig bescheuerter Alter, der mich und mein Pferd beschimpft, und jetzt auch noch exotisches Essen. Na toll!*

Carmela saß schon am Tisch, als Carolin frisch geduscht und fast im gleichen Moment wie ihr Vater zum Abendessen auf der Terrasse erschien.

Carmela hielt den Kopf gesenkt und blickte nachdenklich auf die Tischdecke.

„Und, Carmela, hast du uns schon alles weggefuttert?", versuchte Paul zu scherzen, um die angespannte Situation etwas zu entschärfen.

Doch sein Versuch scheiterte kläglich. Carmela hob nur kurz den Kopf. Sie wollte lächeln, was ihr aber gründlich misslang.

Wortlos setzte sich Carolin an ihren Platz und goss sich Orangenlimonade in ihr Glas. Gierig trank sie es mit zwei Schlucken aus. Erst jetzt bemerkte sie, dass sie großen Durst hatte, und auch ihr Magen knurrte laut.

Maria stellte einen großen Vorspeisenteller mit verschiedenen Tapas in die Mitte des Tisches. „Guten Appetit", wünschte sie munter.

„Dann wollen wir mal." Paul streckte die Hand aus.

Carolin reichte ihm ihren Teller, und Paul packte ihr einige der kleinen Appetithäppchen darauf. Etwas Salami und Käse. Dann wandte er sich an Carmela. „Und du?"

Doch Carmela schüttelte nur den Kopf. „Keine Tapas, danke", sagte sie. Offensichtlich schlug ihr die Situation auch auf den Magen.

„Also, ich könnte sterben für Marias Oliven." Paul spießte eine Olive auf. „Frisch geerntet legt Maria sie in einer Kräutermarinade ein, und aus Oliven werden Leckerbissen. Altes Familienrezept", erzählte er bemüht heiter. Er war der Einzige, der sprach. Er hielt Carolin die Olive hin. „Magst du mal kosten?"

Carolin schüttelte nur den Kopf. Sie machte sich ein Salamibrot und beobachtete Carmela. Immer wieder warf die junge Frau ihre langen Haare auf den Rücken und fingerte an ihren Kreolen herum. *Wahrscheinlich fühlt sie sich ziemlich übel,* dachte Carolin. *Eigentlich kann sie ja nichts dafür.* Sie kaute an ihrem Brot, während alle drei schweigend am Tisch saßen. *Eigentlich kann es mir ja auch egal sein,* sagte sie sich schließlich. *Ines ist mit Dr. Sander verheiratet. Und Paul kann machen, was er will und mit wem er will. Carolin Baumgarten, reg dich wieder ab, okay!*

Nach einer Weile tauchte Maria auf und räumte ab. Das Klappern der Teller schien ohrenbetäubend laut in der Stille am Tisch. Als Maria weg war, herrschte weiter Schweigen. Paul klammerte sich an seinem Weinglas fest, Carmela blickte betreten auf die Tischdecke, und Carolin zerlegte ein Stück Weißbrot auf ihrer Serviette.

Alle waren froh, als Maria mit einer Pfanne, groß wie ein Stoppschild, auf die Terrasse trat. „Und hier kommt meine berühmte Paella“, verkündete sie gut gelaunt. Sie nahm einen Teller, füllte ihn und stellte ihn Carolin vor die Nase. „Bin gespannt, wie es dir schmeckt, unser Nationalgericht“, meinte sie dabei voller Vorfreude.

Eigentlich hatte Carolin beschlossen, nichts von diesen exotischen Speisen zu probieren. Doch einerseits hatte sie riesigen Hunger, zum anderen duftete es ziemlich verführerisch. Carolin nahm den Löffel. „Paps, was ist da alles drin?“

„Reis, Fleisch, Gemüse, Scampi“, zählte Paul gleich auf – heilfroh darüber, dass endlich wieder gesprochen wurde. „Curry, glaub ich auch. Oder, Carmela?“

„Wie man es mag“, antwortete Carmela, genauso froh

wie Paul, dass das große Schweigen ein Ende hatte. „Das ist verschieden."

Etwas skeptisch kostete Carolin. Erst nur ein bisschen, dann schob sie den ganzen Löffel in den Mund. „Hmm, lecker!", lobte sie dabei und meinte es auch so. Denn es schmeckte ihr wirklich gut. *Paella scheint nicht ganz so exotisch zu sein wie die ausgefallenen Gerichte, die Ines manchmal ausprobiert,* dachte sie.

„Freut mich, dass es dir schmeckt, Schatz." Paul nahm einen Schluck aus seinem Weinglas.

Also gut, beschloss Carolin dann. *Wir können uns ja nicht den Rest meiner Ferien anschweigen. Bringt ja nicht wirklich was!* Sie räusperte sich, öffnete ihren Mund, um etwas zu sagen, schloss ihn aber gleich wieder. *Was könnte man die Freundin seines Vaters fragen?* Sie räusperte sich erneut. *Wo hast du meinen Vater kennengelernt?* Carolin schüttelte sich innerlich. *Nee, will ich lieber gar nicht wissen.*

„Kannst du kochen, Carmela?", fragte sie schließlich nach einer langen Pause, in der man eine Stecknadel hätte fallen hören können.

Überrascht und erfreut zugleich hob Carmela den Kopf und blickte in ihre Richtung. Ihre braunen Augen strahlten. „Oh ja, meine Mama hat es mir beigebracht, als ich zehn war", erzählte sie.

Mit zehn. Was hab ich mit zehn gelernt? Fahrrad fahren? Inline fahren? Alles, aber sicher nicht kochen, überlegte Carolin.

„Was isst du denn am liebsten?", wollte Carmela dann wissen.

„Na ja, fast alles außer Exotischem und Brokkoli. Ich hasse Brokkoli“, antwortete Carolin.

„Musst du von mir haben. Mit Brokkoli kannst du mich um die halbe Insel jagen“, mischte sich Paul grinsend ein. „Was hast du denn heute so gemacht?“

Carolin räumte eine Garnele zur Seite. Dieses rosa Meeresgetier war dann doch ein wenig zu viel der Exotik. „Ich bin ausgeritten.“

„Du warst aber nicht an dem Strand, den ich dir gezeigt habe? Dort haben wir dich, wie gesagt, gesucht.“

„Nee, ich war im Landesinneren.“ Carolin zögerte einen Moment. Dann beschloss sie, von ihrer seltsamen Begegnung zu erzählen. „Auf einem ziemlich heruntergekommenen Bauernhof hab ich einen total merkwürdigen Alten getroffen.“

„Wieso denn merkwürdig?“, hakte Carmela nach.

„Na ja, der hat Sternentänzer und mich voll blöd angemacht und uns weggejagt, obwohl wir gar nichts gemacht haben.“

„Na ja.“ Paul wedelte gespielt drohend mit der Gabel. „Irgendwas werdet ihr bestimmt angestellt haben!“

„Echt nicht“, beharrte Carolin. Hatte sie ja auch nicht. *Okay, wir haben Privatgelände betreten. Aber das ist ja noch lange kein Grund, so übel auszurasten.*

„Ging der Alte an einem Stock und hatte er einen braunen Hund?“, fragte Carmela ziemlich interessiert weiter.

Carolin nickte. „Und ob. Ich hatte schon Angst, er würde den Hund auf mich hetzen. Halbhoch, hellbraun, total zerzottelt und ziemlich böse drauf.“

„Der Mann heißt Carlos Garcia“, erklärte Carmela.

Verwundert sah Carolin die junge Frau an. „Du kennst diesen Typen?“

Carmela nickte. „Jeder in der Gegend kennt ihn. Er ist völlig verschroben und merkwürdig. Im Dorf lachen die meisten nur über ihn. Kaum jemand mag ihn. Ich bin auch schon mal mit ihm aneinander geraten.“

„Echt?“ Carolin lauschte mit großen Augen. „Wieso das denn?“

„Ich kam etwas in Gedanken aus dem Supermarkt. Kurz hinter dem Ausgang ist mir meine voll gestopfte Plastiktüte gerissen, und alles ist rausgekullert. Ausgerechnet vor Carlos Garcias Füße.“ Carmela grinste. „Statt mir zu helfen, hat er mich angefaucht, als hätte ich ihm absichtlich eine Wassermelone an den Kopf geworfen.“

„Genau“, bestätigte Carolin. „Bei mir ist der auch wegen nichts so voll ausgerastet.“

„Und dann dieser Hund. Wenn der die Zähne fletscht, bekommt man wirklich Angst.“

Auf einen Wink von Paul hin räumte Maria die Teller vom Tisch. Doch es dauerte nicht lange, und sie machte mit einem Tablett voll gefüllter Dessertschalen die Runde.

Carolin nahm sich eine der Schalen und machte ihrem Ärger dann weiter Luft. „Genau, und dann beschimpfte er meinen Sternentänzer. Er redete was von gefährlich und bekreuzigte sich.“

„Er hat sich bekreuzigt?“, wiederholte Carmela leicht verwundert.

„Ja“, bestätigte Carolin. „Als ob er in der Kirche wäre.“

„Das ist merkwürdig", meinte Carmela. „Sehr merkwürdig."

„Spanien ist doch ein katholisches Land. Da ist das doch normal, dachte ich", gab Carolin zurück.

„Schon." Carmela zögerte einen Moment. „Aber man bekreuzigt sich nicht einfach so. Das hat immer einen Grund. Zum Beispiel, wenn man sich in einer gefährlichen Situation befindet und um Beistand bittet."

„Nun, weder ich noch mein Pferd sind gefährlich." Carolin rollte mit den Augen. „Mein Sternentänzer ist das liebste Pferd der Welt. Daher versteh ich nicht, warum er uns so beschimpft hat ... Hm, vielleicht hat ihn ja mal ein Schimmel gebissen oder so?"

„Maria kann übrigens richtig gefährlich werden, wenn ihr vor lauter Quatschen ihr leckeres Dessert stehen lasst", unterbrach Paul sie schmunzelnd.

„Garcias Hacienda liegt sehr versteckt. Wie bist du eigentlich dorthin gekommen?", erkundigte sich Carmela dann.

Weil mich mein magisches Pferd aus irgendeinem Grund dorthin geführt hat. Weil es sich vor dem Stall völlig schräg benommen hat. „Zufällig", erklärte Carolin und widmete sich daraufhin ihrem Dessert. Wenn sie noch einmal aufgeschaut hätte, wäre ihr der besorgte Blick in Carmelas dunklen Augen aufgefallen.

Gleich nach dem Abendessen zog sich Carolin in ihr Zimmer zurück. Sie kramte ein Pferdebuch aus ihrem

Trolley, um sich ein bisschen abzulenken. Als sie das Buch durchblätterte, fiel ein kleiner getrockneter Gänseblümchenkranz auf den Boden. Liebevoll hob Carolin ihn auf und drückte ihn an ihr Herz. Ferdi hatte den Kranz für sie kürzlich bei einem Picknick gebastelt.

Und plötzlich und ohne jegliche Vorwarnung erfasste sie das Heimweh und schwappte wie eine meterhohe Tsunamiwelle über sie hinweg. „Ferdi", murmelte sie mit belegter Stimme. „Ich vermiss dich. Dich und Lina, Ines, Thorben, Jan, Lindenhain, Lilienthal, einfach alles." Sie warf sich auf das Bett und verbarg ihr Gesicht im Kissen. „Ich will nach Hause", schluchzte sie vor sich hin.

Zwei geheimnisvolle dunkle Augen

In dieser Nacht schlief Carolin zum ersten Mal, seit sie auf Mallorca war, richtig schlecht. Sie wälzte sich von einer Seite zur anderen, zog die Decke bis zur Nasenspitze oder strampelte sie wieder weg. Immer wieder griff sie nach ihrem Handy, um zu sehen, wie spät es war.

Als es endlich Zeit zum Aufstehen war, fühlte sich Carolin wie gerädert. Sie hatte nicht einmal Lust zum Frühstücken. So machte sie sich rasch fertig, huschte in die Küche und schlürfte nur im Stehen eine Tasse von dem leckeren Kakao.

„Caro!“ Die Stimme ihres Vaters dröhnte laut durch das Haus.

„Ich bin in der Küche“, rief Carolin zurück.

Paul stürmte herein und hielt ihr das Telefon entgegen. „Deine Mutter.“

Carolin nahm den Hörer. „Hi, Mam!“

„Caro, Schatz, wie geht’s dir? Alles gut? Du hast dich ziemlich lange nicht gemeldet.“

Stimmt, dachte Carolin ein wenig schuldbewusst.

Aber irgendwie ist zu Hause hier so ewig weit weg. „Mir geht's gut, Mam."

„Und wie kommst du mit deinem Vater klar?", wollte Ines wissen.

„Auch prima. Carmela ist eigentlich auch sehr nett." *Ups!* Fast im selben Moment, als sie es ausgesprochen hatte, bereute Carolin ihre Worte auch schon.

„Wer ist denn Carmela?", kam natürlich auch schon wie aus der Pistole geschossen die Rückfrage vom anderen Ende der Leitung.

Mist! „Ähm ... na ja ... Paps' neue Freundin."

Pause. „Aha, er hat also schon wieder eine Neue." Wieder Pause. „Und mir die Ohren voll jammern." Nach dem Gerichtstermin hatten sie sich zu dritt zu einer Aussprache getroffen. Dabei hatte Paul behauptet, er habe den Sorgerechtsstreit nur inszeniert, weil er eifersüchtig auf Dr. Sander sei. Und weil er sich Hoffnungen gemacht habe, dass er und Ines irgendwann vielleicht doch wieder zusammenkommen würden.

„Wie ist sie denn so?" Ines gab sich hörbar Mühe, ihre Stimme unbefangen klingen zu lassen. „Diese Carmela."

Jung, schön, spanisch. „Ganz okay, ich muss jetzt Schluss machen, ich erzähl dir alles zu Hause. Tschüss, Mam." Carolin drückte das Gespräch weg und legte das Telefon auf den kleinen Telefontisch im Gang.

Dann lief sie nach draußen in den Stall. Sie sattelte Sternentänzer und ritt los Richtung Meer. Eigentlich wollte sie an diesem Tag einfach nur ein bisschen ausspannen, mit Sternentänzer am Strand entlangreiten und faul in der Sonne liegen.

Doch kaum hatte Sternentänzer die ersten Schritte im Wasser gemacht, stoppte Carolin ihn. „Warte mal, Sternentänzer", murmelte sie vor sich hin, während sich der Hengst im weichen Sand um die eigene Achse drehte. „Irgendwie ... Ich hab das Gefühl, ich muss noch einmal zu diesem Bauernhof."

Entschlossen gab sie das Kommando zum Umkehren und ritt auf dem Schimmel zurück zur Finca. Von dort schlug sie den Weg ins Landesinnere ein, ließ die Zügel locker und Sternentänzer den Weg bestimmen. Tatsächlich steuerte er zielgenau wieder zu dem einsamen Bauernhof, und so tauchte eine halbe Stunde später auch das verfallene Gebäude vor ihnen auf.

Kurz vor der Felspyramide hielt Carolin das Pferd an und stieg ab. Sie nahm Sternentänzers Zügel und wollte ihn an einem alten knorrigen Olivenbaum anbinden. Doch Sternentänzer schien daran überhaupt keinen Gefallen zu finden. Er wieherte laut, tänzelte nervös herum und warf seinen Kopf heftig hin und her.

„Schscht! Was soll das, Sternentänzer?" Etwas ärgerlich versuchte Carolin, ihr Pferd zu beruhigen. „Wenn du so einen Tanz machst, steht der Alte sofort wieder auf der Matte. Schscht!" Mit aller Kraft zerrte sie an Sternentänzers Halfter, um ihn zu dem Baum zu ziehen. Doch der Hengst drängte weiter in die andere Richtung. Einmal stieg er sogar. Es schien, als wolle er unbedingt zu dem Stall.

„Ich muss da allein rein, Sternentänzer!" Carolin zog erneut am Halfter und versuchte, die Zügel um den Olivenbaum zu schlingen. „Komm schon! Looooss! Wenn wir beide da aufkreuzen, entdeckt er uns sofort!" Nach zwei weiteren Versuchen gelang es ihr schließlich, Sternentänzer anzubinden.

„Puh!", ächzte sie und wischte sich mit dem Ärmel die Schweißtropfen von der Stirn. Dabei blickte sie zu der Hacienda. Alles schien ruhig, weit und breit war keine Menschenseele zu sehen.

Carolin nahm ihren Mut zusammen und lief gebückt die Zufahrt entlang. Immer wieder um sich blickend näherte sie sich der Stallung. Dort drückte sie sich ganz eng an die Mauer und schlich so bis zum ersten nicht mit Brettern zugenagelten Fenster. Nichts. Alles finster. Auch durch das zweite Fenster konnte sie nichts erkennen. Es war von innen zugehängt. Leise schlich Carolin um das Gebäude herum. Das Fenster, das gestern gekippt gewesen war, war heute fest verschlossen.

„Mist!", schimpfte Carolin. Auf einmal entdeckte sie noch ein kleines Fenster etwas weiter hinten. Dieses Fenster war zwar auch verhüllt. Doch auf einer Seite hatte sich der schwarze Vorhang offenbar gelöst und war ein kleines Stück nach unten gerutscht. Mit klopfendem Herzen näherte sich Carolin. Sie stellte sich auf Zehenspitzen, aber es reichte nicht, um durch den kleinen Spalt blicken zu können. Sie reichte mit der Nasenspitze gerade einmal bis zum Sims des Fensters.

„Verdammt!" Carolin kaute auf ihrer Unterlippe und schaute sich nervös um. Ihr Blick fiel auf einen Ziegelstein und einen alten Eimer. Rasch transportierte sie die beiden Teile nacheinander zum Fenster. Zuerst legte sie den Ziegelstein auf den Boden und stellte sich darauf.

Es reichte nicht. Sie platzierte den Eimer auf dem Ziegelstein und stellte sich darauf. Aber es reichte immer noch nicht. „Mist!“

Kurz entschlossen krallte sich Carolin mit den Fingerspitzen am Fenstersims fest und zog sich nach oben. Gleichzeitig suchte sie mit den Füßen Halt in dem Mauerwerk. Ihr Knie krachte dabei gegen einen spitzen Stein, der aus der Wand ragte. Carolin biss sich auf die Lippe. *Nicht aufgeben, weiter!* Sie schnaufte tief durch und zog sich langsam Stück für Stück nach oben, bis sie ihre Ellbogen auf dem Sims abstützen und endlich einen Blick ins Innere erhaschen konnte. Dort war es dunkel, sodass sie kaum etwas erkennen konnte.

„Da ist nichts“, murmelte sie. Als sich ihr Blick schließlich an die Dunkelheit gewöhnt hatte, streckte sie sich noch ein klein wenig mehr. Auf einmal schien es, als würden zwei große, dunkle, feuchte Augen sie anblicken. Ganz nah, ganz intensiv.

Carolin erschreckte sich so, dass sie unwillkürlich zurückwich. Hektisch tastete sie mit den Füßen nach dem Eimer, erwischte ihn aber nur halb. Der Eimer kippte geräuschvoll um und rollte noch ein Stück weit laut scheppernd über den Hof.

„Mist!“ Carolins Herz klopfte so laut, dass sie meinte, man könne es kilometerweit hören. Wie gelähmt starrte Carolin einen Moment auf den Eimer. Dann ließ sie den Fenstersims los und landete unsanft auf dem Boden. Sofort richtete sie sich wieder auf und lief weg, so schnell sie konnte. Doch sie hatte erst wenige Schritte getan, da öffnete sich bereits die Tür des Wohnhauses, und der Alte stürmte humpelnd heraus. Als er sie erkannte, blitzten seine kleinen, stechenden Augen vor Wut. Drohend schwang er seinen Stock durch die Luft und rief dabei eindeutig wilde Flüche hinter ihr her.

Carolin rannte, als wäre der Teufel hinter ihr her. Völlig außer Puste kam sie bei Sternentänzer an, machte ihn mit zitternden Händen von dem Olivenbaum los und schwang sich auf seinen Rücken. Wie der Blitz jagten sie den Weg zurück zu der Finca.

Carolin brachte Sternentänzer in den Stall. Nachdem sie das Pferd versorgt hatte, stürmte sie so schnell ins Haus, dass sie auf dem Weg in ihr Zimmer beinahe Maria überrannt hätte. Sie schloss die Tür hinter sich, lehnte sich dagegen und glitt immer noch außer Atem in die Hocke. *„Was um Himmels willen war das?“*, dachte sie. *„Was hab ich da gesehen? Einen Menschen, der eingesperrt ist? Den dieser durchgeknallte Alte entführt hat und gefangen hält?“* Carolin starrte die sonnengelbe Decke an, als würde dort die Antwort stehen. Und wieder – wie bereits am Abend zuvor – überkam sie das Heimweh nach ihrem Zuhause. Sie vermisste ihre Familie, ihre Freunde und Lindenhain. Betrübt senkte sie den Kopf und fuhr sich mit beiden Händen durch ihr Haar. „Verdammt, ich wünschte, ich könnte mit jemandem darüber sprechen!“

Pling! machte genau in diesem Moment ihr Handy. Carolin befreite sich aus ihrer Starre, richtete sich auf und griff nach dem Telefon. „Hi, Caro, wie geht's denn so? Hast du schon was wegen Sternentänzers Vision rausgefunden? Melde dich mal wieder! Lina."

Nachdenklich schob Carolin das Handy von einer Hand in die andere. *Ich hab was rausgefunden, Lina. Aber das hat rein gar nichts mit Sternentänzers Vision zu tun. Ist aber trotzdem voll merkwürdig!*

Kurz entschlossen klappte Carolin das Handy auf und wählte Linas Nummer.

Lina meldete sich sofort. „Hallo?"

„Hi, Lina. Hier ist Caro."

„Caro! Endlich!" Lina klang hocherfreut. „Cool, mal wieder deine Stimme zu hören. Wie geht's denn so?"

Carolin setzte sich auf den Boden und drückte das Handy zwischen Ohr und Schulter. „Gut, aber ich hab heute was total Merkwürdiges erlebt", begann sie und erzählte Lina geschwind von der Hacienda, dem Alten und den dunklen Augen im Stall. „Was hältst du davon, Lina?"

„Hm", machte Lina.

Carolin sah die Freundin vor sich, wie sie überlegte und dabei eine Strähne ihrer langen roten Haare um den Finger wickelte, und musste ein wenig grinsen. „Komisch, oder? Was geht da ab? Und warum reagiert Sternentänzer so schräg, wenn wir uns dieser Hacienda nähern? Warum hat er mich überhaupt zu diesem Hof geführt?"

„Das hat sicher einen Grund", meinte Lina.

„Danke", entgegnete Carolin trocken. „So weit war ich auch schon."

„Was waren das denn für Augen?“, wollte Lina dann wissen.

„Wie? „Was für Augen?“

„Na, Menschenaugen oder Tieraugen?“

Carolin lehnte ihren Kopf gegen die Wand. „Augen halt, keine Ahnung! Dunkle Augen. Ich hab mich total erschreckt, und dann ging alles ganz schnell.“

„Ob das was mit Sternentänzers Vision zu tun hat?“, überlegte Lina.

„Wie meinst du das?“

„Du solltest doch nach Mallorca, weil jemand deine Hilfe braucht“, erinnerte Lina sie. „Vielleicht hält dieser Verrückte wirklich jemanden gefangen, und den sollst du retten?“

Carolin biss sich auf die Unterlippe. „Das könnte sein. Das heißt, ich muss da noch mal hin und das arme Wesen befreien, das sich im Stall befindet.“

Lina schwieg kurz. „Mann, Caro, sei bloß vorsichtig! Wer weiß, am Ende hat der Alte noch eine Knarre und knallt dich ab, wenn du dich das nächste Mal auf seinem Grundstück herumtreibst.“

„Ey, Lina, du guckst zu viele Krimis“, antwortete Carolin grinsend. Doch in ihrem Bauch machte sich ein ziemlich ungutes Gefühl breit.

Das Verbot

Am nächsten Tag ritt Carolin nicht zur Hacienda. Sie wusste, dass der Alte aufpassen würde und wollte sich erst eine neue Strategie überlegen, wie sie zu seinem Haus gelangen konnte, ohne gesehen zu werden. Gleich nach dem Frühstück packte sie ihre Badesachen zusammen. Sie ließ sich von Maria ein Lunchpaket vorbereiten und beschloss, einen entspannten Tag am Strand zu verbringen.

Ausgelassen hüpfte sie über die Wellen, legte sich in den Sand, baute eine Sandburg und teilte sich mit Sternentänzer ihr Mittagessen. Während sie das belegte Brötchen mampfte, futterte das Pferd die beiden Äpfel.

Am späten Nachmittag machte sie sich auf den Weg zurück zur Finca. Dort wurde sie schon empfangen. Paul hatte das Klackern der Hufe gehört und eilte aus dem Haus auf sie zu.

„Hi, Paps", rief Carolin ihm vergnügt zu. „Ich glaub, ich hab mir einen Mega-Sonnenbrand geholt."

„Ich muss mit dir reden, Caro", sagte Paul gleich ohne einen Gruß.

Überrascht guckte Carolin ihren Vater an. Seine Miene schien sehr ernst.

„Okay, nachher", nickte Carolin.

„Gleich", beharrte Paul.

„Ich muss aber zuerst Sternentänzer versorgen, er hat geschwitzt und ..."

„Also gut. Ich warte auf dich auf der Terrasse." Paul machte auf dem Absatz kehrt und verschwand im Haus.

Was ist dem denn für eine Laus über die Leber gelaufen?, überlegte Carolin, während sie den Schimmel in aller Ruhe absattelte. Anschließend rieb sie ihn trocken, kratzte ihm die Hufe aus und gab ihm Futter und ein paar Leckerli. *Ob Ines angerufen und ihn wegen Carmela gelöchert hat?* In den meisten Fällen, wenn ihre Mutter schlechte Laune hatte, hatte es mit ihrem Vater zu tun. Möglicherweise war das ja bei ihrem Vater das Gleiche. *Ich Idiot muss Ines das ja auch gleich auf die Nase binden!* Carolin nahm sich noch die Zeit, sich rasch umzuziehen, bevor sie sich auf die Terrasse begab.

Paul blickte ihr entgegen, dabei trommelte er mit den Fingern ungeduldig auf die Tischkante. „Das geht so nicht, Caro, so nicht!", platzte er gleich los.

Hä? Verwundert ließ sich Carolin auf die Sonnenliege fallen. *Was geht nicht? Dass ich Ines von deiner neuen Freundin erzähle? War blöd von mir, aber kein Grund, mich so anzumachen! Hätte Ines doch sowieso irgendwann erfahren.*

„Ich verbiete dir, dich jemals wieder der Hacienda von Carlos Garcia zu nähern, Caro", unterbrach Pauls Stimme ihre Gedanken.

„Wie?“ Völlig verwundert und mit großen Augen schaute Carolin ihren Vater an.

„Du warst gestern schon wieder auf seiner Anlage.“ Kopfschüttelnd musterte Paul seine Tochter. „Was hast du da zu schaffen? Ich frage mich wirklich, was du dort verloren hast?“

Woher weiß er das?, überlegte Carolin fieberhaft. *Woher weiß Paps, dass ich gestern erneut dort war? Ich habe es niemandem gesagt. Nur von meinem ersten Besuch hab ich ihm und Carmela erzählt.*

Doch im nächsten Moment beantwortete Paul auch schon ihre nicht gestellte Frage. „Der Eigentümer, Señor Garcia, war heute Vormittag hier und hat sich über dich beschwert, Caro. Er war sehr aufgebracht, und ich finde, der Mann hat Recht. Du hast unerlaubt seinen Privatbesitz betreten.“

Hier? Carolin machte große Augen. *Woher weiß dieser verrückte Alte denn, wer ich bin und wo ich wohne?*

Auch auf diese Frage erhielt sie gleich eine Antwort. „Dieser Señor Garcia hat rumgefragt, wer einen Schimmel mit einem schwarzen Stern auf der Stirn besitzt und hat dich beziehungsweise uns so gefunden.“ Paul stand auf, schob seine Hände in die Hosentaschen und tigerte auf der Veranda auf und ab. „Ich will nicht, dass du jemals wieder diese Hacienda betrittst, Caro. Versprichst du mir das?“

Carolin senkte den Kopf. *Paps, es gibt Dinge, die kann man nicht versprechen, und dies gehört dazu. Nichts und niemand kann mich davon abhalten, wieder zu diesem Stall zu reiten. Es gibt einen Grund, warum ich hier bin, und den werde ich herausfinden. Ich hab keine andere Wahl, Paps.*

„Haben wir uns verstanden, Caro?" Pauls Stimme wurde lauter. „Ich will eine klare und deutliche Antwort von dir."

Möglicherweise war seine Frage gar nicht so bitterernst gemeint, wie sie klang. Doch Carolin ärgerte sich und fühlte sich herausgefordert. Statt einer Antwort sprang sie auf und stemmte die Hände in die Hüften. *Angriff ist die beste Verteidigung.* „Alles klar, Paps! Wenn ich dich so nerve, kann ich ja auch wieder nach Hause fahren! Gleich morgen! Buch mir einen Flug, dann musst du dich nicht mehr mit mir herumärgern!"

„Mensch, Caro!" Die Stimme ihres Vaters wurde sogleich eine Spur versöhnlicher. „Das hat doch nichts mit dir zu tun. Es ist nur so, dass ich mit den Menschen hier bisher immer gut ausgekommen bin und das auch weiterhin gerne möchte."

„Carmela sagt auch, dass dieser Alte komisch ist."

Paul tigerte wieder auf und ab. „Das spielt keine Rolle. Er will einfach nicht, dass du dich auf seinem Grundstück rumtreibst. Und ich finde, er hat ein gutes Recht dazu. Also halt dich bitte fern." In diesem Moment kam Carmela auf die Veranda. Ihr Haar hatte sie zu einem Pferdeschwanz gebunden. Sie trug ein geblümtes Kleid, knallrote Flipflops und sah sehr hübsch und sehr jung aus. „Hallo, Caro, hast du Lust auf einen kleinen Stadtbummel?", fragte sie unternehmungslustig.

„Klar, gerne", nickte Carolin gleich – obwohl sie sich

eigentlich ganz und gar nicht sicher war, ob sie Lust hatte. Worauf sie aber noch viel weniger Lust hatte, war, sich weiter die Vorwürfe ihres Vaters anzuhören.

„Kommst du auch mit, Paul?“

Paul winkte ab. „Geht nur ihr Mädels. Ich hab noch allerhand Bürokram zu erledigen.“

Ich wollte Paps ja auch noch fragen, wie er eigentlich sein Geld verdient, schoss es Carolin durch den Kopf. Aber Carmela hatte schon ihre Hand gegriffen und zog sie mit sich.

„Palma ist die Hauptstadt von Mallorca“, erzählte Carmela, während sie durch die engen Gassen bummelten. „Etwa hundert Jahre vor Christi Geburt landeten die Römer hier, weil die Piraterie der Inselbewohner ihre Handelsflotten störte und die römische Weltmacht dem ein Ende setzen wollte. Römische Flotte gegen ein paar Steinschleuderer, die Eroberung ging natürlich ruck, zuck.“

Carolin folgte Carmela und hörte angestrengt zu, was gar nicht so einfach war, denn der Verkehr in der Altstadt machte einen Höllenlärm.

Carmela stoppte und zeigte nach vorne. „Vor uns in hellem Sandstein erhebt sich die Kathedrale. Sie ist das Wahrzeichen der Stadt. Die Säulen im Inneren ragen bis zu zwanzig Meter in die Höhe, und vormittags bricht sich das Licht in der riesigen farbenprächtigen Fensterrosette.“

Carolin deutete auf das Gebäude neben der Kathedrale. „Was ist das?“

„Der Almudaina-Palast. Wenn der König auf der Insel ist, weht auf dem Palast die spanische Flagge.“

Neugierig spähte Carolin nach oben. „Schade, heute nicht.“

„Komm!“ Carmela nahm sie an der Hand und zog sie mit sich. „Dort vorne ist der alte Fischereihafen, wo auch heute noch die Fischer ihre Netze flicken.“

Am Hafen war Markt. Ein Fest aus Farben, Düften und Geräuschen. Einheimische und Touristen drängten sich zwischen Ständen, an denen bunt bedruckte Stoffe, kunstvoll geflochtene Körbe, Töpfereien, Kleider, Schmuck, Obst und Gemüse angeboten wurden. An einem Stand mit handgearbeitetem Schmuck blieb Carolin stehen, betrachtete die Halsketten aus Muscheln und die bemalten Broschen aus poliertem Holz, das sich glatt wie Seide anfühlte.

„Das sind recht hübsche Souvenirs“, meinte Carmela neben ihr.

„Stimmt.“ Carolin kaufte die Holzbrosche für Ines, ein schmales, mit winzigen Muscheln besetztes Lederband für Ferdi und eine Muschelkette für Lina.

Über eine breite Straße gelangten Carolin und Carmela zu einem großen Platz. Von dort bog Carmela in eine kleine Gasse und blieb vor einer Boutique stehen. „Das ist der angesagteste Laden in Palma. Die haben immer die neuesten Klamotten. Nächstes Jahr siehst du die dann bei euch in Deutschland.“

„Cool!“, sagte Carolin wenig begeistert. Ein kurzer

Blick ins Schaufenster genügte ihr, um zu wissen, dass dies sicher nicht ihr Lieblingsladen werden würde: Flatterkleider, Glitzershirts, Highheels und Wickelröcke. Für Carolin musste Kleidung vor allem eins sein: praktisch und reittauglich. In ihrem Kleiderschrank baumelte nur ein einziges Kleid – und das zog sie nur an, wenn es sich überhaupt nicht vermeiden ließ.

„Komm, lass uns ein bisschen stöbern!" Carmela hatte schon die Klinke in der Hand, doch Carolin winkte ab.

„Nee, ich hab keine Lust. Aber schau du ruhig rein, ich warte draußen."

Carmela zögerte einen Moment. Aber dann konnte sie der Versuchung nicht widerstehen und verschwand im Laden. „Nur ganz kurz!"

Aus „ganz kurz" wurde mindestens eine Viertelstunde, und etwas gelangweilt tigerte Carolin vor dem Laden auf und ab. Ab und zu spähte sie durch das Schaufenster. Doch Carmela winkte ihr nur fröhlich zu und widmete sich dann wieder den Klamotten.

Gerade als sich Carolin entschlossen hatte, in den Laden zu gehen und Carmela zu holen, zupfte jemand von hinten an ihrem Shirt. Carolin fuhr herum und blickte in eigenartig gletscherblaue, fast durchsichtige Augen einer alten Frau. Die trug ein abgetragenes, schmutziges, ehemals rotes Kleid mit weitem Rüschenrock. Es war in der Art der Kleider, die man zum Flamenco-Tanzen trägt. Die Frau hatte einen olivfarbenen Teint, ihre Haare bedeckte ein Kopftuch, an ihren Ohren baumelten lange Ohrringe. Doch das Seltsamste waren ihre Augen.

„Gib mir Geld!“, gurrte die Alte.

Carolin war so überrascht, dass sie reflexartig tat, was die Frau wollte. Sie griff in ihren Rucksack und gab der Frau ein paar Münzen. Schneller als Carolin schauen konnte, ließ die Frau das Geld in einer Tasche in ihrem Kleid verschwinden. Dann griff sie ebenso rasch nach Carolins Hand.

„Ey, lassen Sie mich los!“, protestierte Carolin und wollte sich losreißen.

„Warte!“, sagte die Frau mit ihrer gurrenden Stimme, und wieder gehorchte Carolin – ohne zu wissen, warum.

Die Frau öffnete Carolins Hand und fuhr mit ihren Fingern, deren Nägel so schmutzig waren wie der Bordstein, über Carolins Handfläche. Immer wieder. Plötzlich schloss sie die Augen. Ihre Finger begannen zu zittern.

„Caro! Komm da weg!“ Carolin war so gefangen von der Frau, dass sie gar nicht bemerkt hatte, dass Carmela aus dem Laden gekommen war, bis die sie an ihrem Arm packte. „Komm weg von der Zigeunerin!“

Ganz plötzlich riss die Zigeunerin ihre Augen auf. Sie fixierte Carolin mit einem so durchdringenden Blick, wie das sonst nur Ami konnte. „Du suchst eine Antwort“, sagte sie. „Du wirst sie finden.“

„Komm weg, Caro!“ Carmela riss noch stärker an Carolins Arm.

Sternentänzer! Wie hypnotisiert starrte Carolin in die beinahe farblosen Augen der Alten.

„Doch der Weg wird schmerzhaft, und was du findest, wird dir nicht gefallen“, gurrte sie weiter.

„Warum schmerzhaft und was werde ich finden?“, stieß Carolin atemlos hervor. „Was genau?“

„Basta!“ Jetzt wandte sich Carmela der Zigeunerin zu und versuchte, sie wild gestikulierend zu verscheuchen wie einen lästigen Fliegenschwarm. „Weg mit dir, weg!“

Die Zigeunerin blickte noch einmal in Carolins Augen, dann raffte sie ihren Rock und lief davon.

„Wahh!“ Carmelas Augen blitzten vor Wut. „Nie ist man vor ihnen sicher! Überall geistern die rum!“ Sie sah Carolin ernst an. „Du darfst dich gar nicht erst auf die einlassen. Sonst wirst du sie nicht mehr los!“

„Die Zigeunerin hat mir doch nur aus der Hand gelesen“, murmelte Carolin immer noch völlig verwirrt. „Und was sie sagte, das stimmt irgendwie.“

„Caro!“ Carmela guckte sie an wie eine Mutter ihr Kind. „Es ist wie mit Horoskopen, es stimmt immer alles irgendwie. Das ist ihre Masche. Während sie mit einer Hand aus deiner Hand lesen, krallen sie sich mit der anderen Hand deinen Geldbeutel, und alle Touristen fallen drauf rein.“

Eine Weile ging Carolin schweigend neben Carmela her. „Sie hatte geheimnisvolle Augen.“

„Wahrscheinlich hatte sie grauen Star“, meinte Carmela so trocken, dass Carolin grinsen musste. Wenigstens darin war ihr Vater seinem Geschmack treu geblieben. Carmela war für alles Magische offenbar genauso empfänglich wie ihre Mutter – nämlich gar nicht.

Vor einem kleinen Café am Hafen blieb Carmela stehen. „Mein Lieblingscafé. Hier gibt es das beste Eis der Stadt. Magst du?“

„Was für eine Frage?“, erwiderte Carolin lachend.

Die beiden setzten sich an einen der runden Bistrotische unter einem rot-weiß gestreiften Sonnenschirm. „Für mich einen Eiskaffee und für meine Freundin einen riesigen Eisbecher mit viel frischen Früchten“, bestellte Carmela.

„Und ein Mineralwasser“, ergänzte Carolin, die sich von der Hitze und dem langen Gehen auf den Pflastersteinen völlig erschöpft und ausgetrocknet fühlte.

Als der Kellner weg war, saßen sie sich eine Weile schweigend gegenüber. Carmela sortierte die langen Ketten, die um ihren Hals hingen. „Ich kann mir vorstellen, dass das mit mir und deinem Vater nicht so leicht für dich ist“, begann sie dann.

Carolin nickte. *Aber hallo! Es passiert schließlich nicht jeden Tag, dass man die Geliebte seines Vaters trifft und die nur ein paar Jährchen älter ist als man selbst!* Mit Carmela hatte sich Caro zwar inzwischen abgefunden, ja sogar ein bisschen angefreundet, aber trotzdem ... das änderte nichts an der Situation.

„Paul und ich, wir haben uns zufällig getroffen.“ Ein liebevolles Lächeln umspielte Carmelas volle Lippen. „Er saß dort drüben, ganz allein, las ganz vertieft in einer Zeitung. Es war mittags und voll, kein Tisch war mehr frei. Also hab ich mich zu ihm gesetzt.“

Carolin holte tief Luft. Sie hatte nicht wirklich Lust darauf, die Lovestory ihres Vaters zu hören.

Doch Carmela erzählte munter weiter. „Das Erste, was mir an ihm aufgefallen ist, waren seine schönen, feingliedrigen Hände."

Carolin verdrehte innerlich die Augen. *Erspar mir bitte die Details!* Sie bohrte den Löffel tief in ihren Eisbecher.

Carmela schnappte mit ihren Lippen nach dem Strohhalm und schlürfte an ihrem Eiskaffee. Dann ließ sie den Halm los und erzählte weiter.

Carolin schaltete ab, blickte auf den Hafen und das Meer, das in der Sonne funkelte. Unwillkürlich wanderten ihre Gedanken zurück zu der Hacienda und den geheimnisvollen dunklen Augen in dem Stall. *Ich muss herausfinden, was dahintersteckt! Ich muss wissen, was diese Augen zu bedeuten haben! Ich muss! Aber wie? Wie kann ich es schaffen, unbemerkt auf dieses Grundstück zu kommen? Der Alte passt jetzt natürlich noch besser auf als vorher und rennt dann hundertpro sofort wieder zu Paps.*

„Caro!"

Carmelas Stimme schreckte Carolin aus ihren Gedanken auf. „Äh ... was?"

„Ich hab dich gefragt, wie es dir hier so gefällt?" Carmela hatte ihre Sonnenbrille zurückgeschoben und musterte sie mit ihren braunen Augen erwartungsvoll.

„Gut", nickte Carolin schnell. „Gut." Sie knabberte an der Eiswaffel. Dann fragte sie ziemlich unvermittelt: „Dieser komische Carlos Garcia, was macht der eigentlich auf seiner Hacienda?"

Carmela zuckte mit den Schultern. „Keine Ahnung, so

genau weiß das vermutlich niemand. Und so genau will das auch niemand wissen. Er lebt sehr zurückgezogen."

„Hat er denn Tiere oder so?", bohrte Carolin weiter. „In diesem Stall zum Beispiel."

„Keine Ahnung, Caro! Kann schon sein. Vielleicht hält er Schafe oder Kühe." Carmela zog die dunkle Brille wieder über ihre Augen.

„Er bewacht sein Grundstück ja, als wär darin ein Schatz versteckt", redete Carolin weiter. „Ich frag mich echt, warum."

Carmela angelte mit den Lippen wieder nach ihrem Strohhalm. „Sag mal, warum interessierst du dich eigentlich so für den alten Spinner?"

„Weil ...", begann Carolin, stockte und überlegte kurz. Dabei beobachtete sie, wie ein Kohlesäurebläschen nach dem anderen in ihrem Mineralwasser nach oben stieg und zerplatzte. Schließlich entschied sie, Carmela die Wahrheit zu sagen. Sie erzählte ihr von ihrem zweiten Besuch auf der Hacienda und auch von dem Streit vorhin mit ihrem Vater. „Als ich das zweite Mal dort war, hab ich was Komisches entdeckt. Im Stall. Aber ich bin mir nicht ganz sicher, was es war. Jedenfalls wollte ich noch mal hin und nachschauen. Aber jetzt, wo Paps es weiß, ist alles ziemlich schwierig."

Beunruhigt kniff Carmela die Augen zusammen. „Der Alte kann ziemlich ungemütlich werden."

Carolin winkte rasch ab. „Ach wo, ich reite auf meinem Pferd! Er hinkt, im Notfall kann ich flüchten."

„Aber ..."

„Ist sowieso gegessen." Carolin lehnte sich auf ihrem

Strohstuhl zurück und blinzelte in die Sonne. „Vermutlich hockt er jetzt ohnehin den ganzen Tag vor seiner Haustür und bewacht seinen Stall.“

Auch Carmela lehnte sich zurück. Sie spielte mit dem Bügel ihrer Sonnenbrille und schob sie sich dann ins Haar. „Na ja, soweit ich weiß, gibt es noch einen zweiten Zugang zu der Hacienda, quasi eine Art Hintereingang. Ein kleiner, ziemlich bewachsener Feldweg führt von hinten an das Gelände heran.“

„Echt?“ Aufgeregt beugte sich Carolin nach vorne. „Wie finde ich den?“

Carmela überlegte kurz. Dann sprang sie auf. „Warte hier, ich bin gleich wieder da.“ Und schon war sie weg.

Was wird das denn? Verwundert guckte Carolin der jungen Frau hinterher. *Was hat sie vor? Holt sie jetzt meinen Vater und petzt ihm alles? Erzählt ihm, dass ich wieder zu diesem Garcia will? Aber dann!*

Doch keine fünf Minuten später war Carmela schon wieder zurück. In der Hand hielt sie eine Mallorca-Landkarte, auf der noch das Preisschild klebte.

„Mal sehen.“ Carmela faltete die Karte auf dem Tisch auf und deutete mit dem Zeigefinger auf einen winzigen Punkt. „Hier liegt die Garcia-Hacienda. Und hier ...“ Carmela fuhr mit ihrem Finger einen schmalen Weg entlang. „Wenn du hier entlangreitest, kannst du das Grundstück relativ unbemerkt betreten.“

Aufmerksam verfolgte Carolin Carmelas Finger.

Carmelas dunkle Augen blitzten verschmitzt. „Der Alte rechnet nie im Leben damit, dass du diesen Pfad kennst. Und während er vorne aufpasst, dass niemand kommt, kannst du dich ungestört von hinten nähern – und vielleicht herausfinden, was du wissen willst." Sie faltete die Karte wieder zusammen und reichte sie Carolin.

„Danke", murmelte Carolin gerührt. *Carmela ist echt nett,* dachte sie und fingerte an der Karte herum.

So ganz wohl war ihr allerdings nicht bei dem Gedanken, noch einmal zu dieser merkwürdigen Hacienda zu reiten. *Vielleicht hab ich mir das mit den Augen ja nur eingebildet?,* überlegte sie. *Und wenn nicht, vielleicht ist es ein Schaf oder eine Ziege oder irgendein anderes Tier, das dieser Garcia ganz normal in seinem Stall hält? Vielleicht hat das alles mit mir überhaupt nichts zu tun?* Carolin verspeiste den Rest der Waffel. *Aber warum benimmt sich dann Sternentänzer so komisch? Warum hat er mich überhaupt dorthin gebracht? Von allein wär ich da niemals hingeritten.*

„Wollen wir unsere Besichtigungstour fortsetzen?", fragte Carmela unternehmungslustig.

Carolin nickte und stand auf. *Eigentlich gibt es nur eine Lösung,* entschied sie. *Ich werde Sternentänzer fragen.*

Nächtlicher Vollmondritt mit Folgen

Zwei Tage später war Vollmond. Und was für einer! Wie eine dicke, pralle Feuerscheibe hing er am Himmel inmitten unzähliger Sterne. Carolin war noch lange mit Carmela und ihrem Vater auf der Terrasse gesessen und hatte sich erst spät in ihr Zimmer zurückgezogen. Sie hockte auf dem Fenstersims und blickte abwechselnd nach draußen und auf ihre Uhr.

Punkt Mitternacht schlich sie zuerst aus ihrem Zimmer, dann aus der Finca und lief zum Stall. Das Schlafzimmer von Paul lag am anderen Ende des Gangs, daher musste Carolin nicht einmal besonders leise sein. Mit klopfendem Herzen öffnete sie die Stalltür und trat ein. Es war eine Sache, mitten in der Nacht in Lilienthal auszureiten, wo sie beinahe jedes Gebüsch kannte – aber in einem fremden Land ...

Doch als Carolin das Schnauben ihres Pferdes hörte und den warmen, intensiven Pferdegeruch roch, wurde sie etwas ruhiger. „Ich muss es tun", murmelte sie vor sich hin, wie um sich Mut zu machen. „Ich habe gar keine Wahl."

Sternentänzer wieherte ihr schon leise entgegen. Seine Nüstern waren leicht gebläht, und sein Schweif peitschte unruhig hin und her. Er schien auch etwas nervös.

„Na, mein Süßer, bist du aufgeregt?“, flüsterte ihm Carolin ins Ohr und tätschelte zärtlich den Hals des Pferdes. „Zum ersten Mal reiten wir in einer Vollmondnacht in einem fremden Land aus.“

Wie meist bei ihren Vollmondritten ging sie auch diesmal ohne Sattel und Zaumzeug los. Mit schnellen, energischen Schritten bugsierte sie Sternentänzer ins Freie. Dort schwang sie sich auf seinen Rücken und trabte los. Zuerst ein kleines Stück an der Straße entlang, dann lenkte sie ihr Pferd landeinwärts.

Nach einer Weile gelangten sie zu einem kleinen Pinienwäldchen mit weichem, federndem Boden, das in eine weite Hochfläche mit Wiesen und Feldern mündete. Dort trieb Carolin den Hengst an. „Los, Sternentänzer, los! Reite so schnell, wie du kannst!“

Sternentänzer beschleunigte das Tempo und fiel rasch in den Galopp. Carolin beugte sich tief über seinen Hals. Der Schimmel galoppierte schnell und schneller. Seine mondhelle Mähne peitschte Carolin ins Gesicht. Sie schloss die Augen. „Ich wünschte, ich wüsste, was es mit dieser merkwürdigen Hacienda auf sich hat, warum Sternentänzer mich dorthin geführt hat“, murmelte sie.

Nachdem Carolin die Frage gestellt hatte, ging ein Ruck durch den sehnigen Körper des Pferdes. Carolin hatte Mühe, sich festzuhalten. Sie fühlte sich merkwürdig, ihr Kopf schien sich zu drehen. Ihr wurde schwindelig, wie in einem Kettenkarussell. Schnell wie der Wind galoppierte Sternentänzer durch die Nacht. Auf einmal sah sie Bilder.

Ein weites, karges Land und endlose Wüste. Die Sonne brennt unbarmherzig vom Himmel. Gestalten mit Kopftüchern und wallenden weißen Gewändern. Alles sieht so arabisch, so orientalisch aus. Ein Dorf aus großen zusammengeflickten Zelten. Plötzlich ein Pferd. Ein schwarzer, bildschöner junger Hengst mit einem weißen Stern auf der Stirn. Silberstern. Neben ihm ein Mädchen mit langen dunklen Locken und strahlend blauen Augen. Annit.

Wie in einem Rausch schoss die Bilderflut durch Carolins Kopf. Schnell, konturenlos, wie durch einen Weichzeichner gefiltert. Dann wurde Sternentänzer auf einmal langsamer. Er keuchte, lief schwerfälliger. Schließlich verlangsamte er zum Trab, dann zum Schritt.

Zögernd öffnete Carolin die Augen. Sie fühlte sich wie benommen und fröstelte, obwohl es noch sehr warm war. Über ihre Arme kroch Gänsehaut.

„Annit", murmelte sie völlig perplex. „Ich hab Annit gesehen und Silberstern. Aber warum?" Sie tätschelte Sternentänzers Hals und schnaufte tief durch. „Komm, Sternentänzer, wir drehen um. Lass uns nach Hause reiten." Der Hengst schnaubte leise. „Was machen Annit und Silberstern in einem arabischen Land? Die beiden sind doch in Dedeli, in der Türkei. Bei Annits Eltern." Carolin biss sich auf die Unterlippe, damit ihre Zähne aufhörten, aufeinander zu klappern. „Was soll das alles bedeuten?“ Carolin legte den Kopf zurück und blickte in den Sternenhimmel. „Ich hatte noch nie eine Vision, in der Silberstern auftauchte. Warum jetzt? Und hier? Warum?“

Annit, ein Mädchen mit langen schwarzen, lockigen Haaren und außergewöhnlich klaren, strahlend blauen Augen war eines Tages in Lilienthal aufgekreuzt und hatte im Zirkus von Linas Onkel Rocco angeheuert. Dort war sie mit Silberstern und einer eigenen Voltigiernummer aufgetreten. Silberstern war Sternentänzers Sohn. Er war so schwarz wie seine Mutter Cinderella und hatte auf seiner Stirn einen kleinen weißen Keilstern. Wie sich dann rasch herausgestellt hatte, war Annit die Auserwählte, die Silbersterns magische Gabe nutzen konnte. Der Hengst offenbarte sich ihr in Träumen und warnte sie so vor Gefahren.

Carolin war so in Gedanken versunken, dass sie gar nicht auf den Weg achtete. Sie hatte Sternentänzer einfach laufen lassen - in der Annahme, er würde zur Finca zurückkehren. Doch das tat er nicht! Als Carolin erkannte, dass Sternentänzer geradewegs immer weiter ins Landesinnere lief, versuchte sie, ihn zu stoppen. „Brrr, halt, Sternentänzer! Wir müssen zurück zur Finca! Brrr, wo läufst du denn hin?“

Doch der weiße Araberhengst reagierte überhaupt nicht auf Carolins Kommando, er lief unbeirrt weiter. Als sie schließlich den breiten Weg zwischen den Olivenhainen entlangritten, wurde Carolin klar, wohin Sternentänzer wollte. „Brrr, nicht, Sternentänzer! Lass uns nun umkehren!“ Aber das Pferd war nicht zu stoppen. „Brrrr, halt, Sternentänzer, nicht!", startete sie noch einen letzten, eher halbherzigen Versuch.

Insgeheim wusste Carolin, dass sie Sternentänzer nicht stoppen konnte, und irgendwie hatte auch sie das Gefühl, dass die Antworten auf viele Fragen in dieser merkwürdigen Hacienda verborgen lagen. Sternentänzer schien nur ein Ziel zu haben. Mit angespanntem Hals und hoch aufgestelltem Kopf stürmte er weiter. Seine Ohren waren aufmerksam nach vorne gerichtet. Carolin hatte Mühe, sich an seiner Mähne festzuhalten. Nach dem Schafstall bog er in den kleinen Hirtenpfad, durchquerte das Kiefernwäldchen und steuerte direkt auf das Grundstück des alten Garcia zu.

Kurz vor der kleinen Steinpyramide schaffte Carolin es schließlich, Sternentänzer anzuhalten – was aber gar nicht einfach war, denn das Pferd strebte mit aller Kraft zur Hacienda. Der pralle Vollmond hing direkt über dem Stall und tauchte ihn in ein gespenstisches Licht. Die Grillen zirpten, die Plastikplane flatterte auf dem Dach. Sonst war es ruhig.

Carolin schluckte. Ein mulmiges Gefühl machte sich in ihrem Bauch breit. Sternentänzer schnaubte unruhig und tänzelte ungeduldig auf der Stelle. Er schien es gar nicht abwarten zu können, den Stall zu erreichen. Carolin beugte sich nach vorne und klopfte beruhigend auf seinen Hals. „Schscht, schon gut, mein Schöner! Ganz ruhig! Was hast du denn nur?"

Nur selten hatte sie ihr Pferd bisher so nervös und unruhig erlebt. Es schien völlig aufgebracht. Carolin straffte die Schultern und schnaufte tief durch. Dann ließ sie Sternentänzer weitertraben. „Hoffentlich ist der Alte schwerhörig und hat einen tiefen Schlaf“, murmelte sie mit klopfendem Herzen. „Wer weiß, wozu der fähig ist, wenn er uns mitten in der Nacht auf seinem Grundstück erwischt! Möglicherweise hat er ein Gewehr ...“ Weiter kam sie nicht mit ihren Überlegungen.

Denn Sternentänzer hatte bereits den Eingang zu dem Stall erreicht und blieb davor stehen. Seine Ohren waren gespitzt, seine Nüstern vibrierten – überhaupt schien der ganze Pferdekörper völlig elektrisiert.

Carolin glitt von seinem Rücken und versuchte, ihr Pferd ein wenig zu beruhigen. Liebevoll strich sie über seine Nüstern. Doch Sternentänzer zog seinen Kopf weg. Er schien nur Interesse für den Stall zu haben. „Also gut. Du willst, dass wir da hineingehen“, sagte Carolin mehr zu sich selbst als zu dem Pferd. Sie kaute nervös auf ihrer Unterlippe und fuhr sich mit beiden Händen durch die Haare. „Wer weiß, was da drin ist?!“ Ihre Handflächen wurden feucht. Sie machte einen kleinen Schritt auf die Stalltür zu und blieb wieder stehen. Plötzlich zuckte sie zusammen, weil irgendwo in der Ferne eine Eule einen Schrei ausstieß. „Oh Mann, Sternentänzer!“

Das Pferd machte einen Schritt auf sie zu und stupste sie mit dem Kopf an der Schulter. *„Mach schon, du alter Feigling! sollte das wohl heißen.“* Carolin grinste und verschränkte die Arme. Fast wünschte sie sich, es wäre eine normale Nacht gewesen. Denn das Licht des Vollmondes machte alles noch unheimlicher.

Plötzlich raschelte es hinter ihr. Carolin krallte ihre

Fingernägel in ihren Unterarm. Aber es war nur die spindeldürre, langbeinige Katze, die über den Hof strich. „Also gut." Carolin näherte sich der Tür, ihre Hände zitterten, ihre Knie waren weich wie Wackelpudding. „Wenn die Tür zugesperrt ist, gehen wir wieder. Okay, Sternentänzer?"

An der Tür hing ein uraltes, verrostetes Vorhängeschloss. Auf den ersten Blick schien es fest verschlossen. Es war so verrostet, dass kleine rote Rostteilchen abbröckelten, als Carolin es in die Hand nahm. „Zu", stellte sie mit einer Mischung aus Ärger und Erleichterung fest. „Und wenn die Tür zu ist, können wir auch nicht rein. Und daher reiten wir jetzt nach Hause."

Während Carolin so vor sich hin murmelte, fummelte sie an dem Schloss herum, und plötzlich sprang es auf. Leise zog sie das Schloss ab, legte es zur Seite und schob ganz vorsichtig den Riegel zurück. Ihre Hände wurden immer feuchter, ihr Herz klopfte immer schneller. Dann ließ sich die Tür öffnen. Carolin warf einen Blick auf Sternentänzer. Seine Nüstern waren aufgebläht, sein ganzer Körper bebte. Er schien völlig in Panik.

„Okay." Carolin holte noch einmal tief Luft und schob die schwere Holztür auf. Drinnen war es finster. Es war dampfig, roch muffig und stark nach feuchtem Stroh und Pferdemist. Carolin blieb im Eingang stehen und griff in ihre Hosentasche. Zum Glück hatte sie eine kleine Taschenlampe eingesteckt. Sie wartete noch kurz, bis sich ihre Nase an den penetranten Geruch gewöhnt hatte.

Innerhalb von Sekunden wich ihre Entschlossenheit plötzlich einem Gefühl von Angst, das ihr beinahe die Kehle zuschnürte. Am liebsten hätte sie auf der Stelle kehrtgemacht und wäre einfach davongelaufen. Doch sie blieb, nahm all ihren Mut zusammen und tat vorsichtig ein paar Schritte vorwärts. Sternentänzer folgte ihr. Es wäre auch viel zu gefährlich gewesen, ihn draußen zu lassen.

Carolin leuchtete mit ihrer Taschenlampe umher. Der Stall war ziemlich groß, aber sehr heruntergekommen. Die Fensterscheiben bedeckten schwarze Säcke, an den Wänden klebten Hunderte toter Fliegen und Mücken, der Steinboden war voller Schmutz. Auf den ersten Blick schien der Stall leer zu sein. „Da ist nichts."

Doch dann hörte sie ein Geräusch, das sich wie ein Rascheln anhörte und aus der hintersten Ecke des Stalls zu ihr drang. Auf Zehenspitzen balancierte Carolin in die Richtung, aus der das Rascheln gekommen war. Als sie erkennen konnte, wer das Geräusch verursacht hatte, blieb ihr Herz vor Schreck beinahe stehen. Sie schlug die Hand vor den Mund, um nicht laut loszuschreien. „Oh mein Gott!", murmelte sie zwischen ihre Finger hindurch. „Das gibt's doch gar nicht! Ich dreh durch, ich werd verrückt, ich seh Gespenster!" Sie atmete schnell und hektisch. Ihre Knie zitterten so sehr, dass sie Angst hatte, umzukippen. Sie spürte ein Flattern im Magen und einen dicken Kloß im Hals.

„Ganz ruhig, Caro, ganz ruhig! Das ist eine optische Täuschung, du hast einen Sonnenstich, nichts weiter. Du bildest dir das alles nur ein." Sie nahm die Hand vom Mund und rieb sich die Augen. Schloss die Augen für einen Moment, öffnete sie wieder. Richtete den schwachen Schein der Taschenlampe wieder in die Ecke. Aber was sie sah, war das Gleiche. Ein dunkler Schatten hatte sich ganz hinten in einer Box gelöst und hob den Kopf.

Es war ein Pferd. Ein mondheller Schimmel mit heller Mähne. Ein Araber. Aber das, was Carolin den Atem raubte, war der kleine schwarze Keilstern auf seiner Stirn. Der gleiche Stern, wie Sternentänzer ihn hatte. Überhaupt schien dieser Schimmel Sternentänzer wie aus dem Gesicht geschnitten. Zwar war seine helle Mähne zottelig, sein mondhelles Fell ungepflegt, aber sonst glich er Sternentänzer aufs Haar.

Mit zitternden Beinen lehnte sich Carolin gegen die Holzwand und versuchte, sich zu beruhigen. „Wer bist du?", fragte sie dabei wieder und wieder. „Wer um Himmels willen bist du?" Sie warf einen Blick zurück zu Sternentänzer. Ihr wurde abwechselnd heiß und kalt. Auf ihrer Stirn bildeten sich Schweißtropfen. „Was hat das zu bedeuten?" Auf einmal drehte der Schimmel den Kopf und sah Carolin an. Er hatte große, dunkle, feuchte Augen wie Sternentänzer. Aber etwas war anders.

Sternentänzers Blick war sanft und lieb. Die Augen dieses fremden Pferdes wirkten auf sonderbare Weise Furcht einflößend. Sie wirkten wild, böse und bedrohlich. Der Schimmel funkelte Carolin an, als wäre sie seine Feindin. „Komm mir bloß nicht zu nahe", schien er zu sagen.

Und noch etwas war anders. Für einen Augenblick

erinnerte sich Carolin daran, als sie Sternentänzer zum ersten Mal in ihrem Leben gesehen hatte. Als ihn sein Besitzer Frank Stone nach Lindenhain gebracht hatte. Es war ein magischer Augenblick gewesen. Liebe auf den ersten Blick. Carolin hatte sofort gespürt, dass sie und dieses Pferd zusammengehörten und dass es ein ganz besonderes, außergewöhnliches Pferd war. Jetzt, in diesem verkommenen Stall, stand sie vor einem Pferd, das zwar genau so aussah wie Sternentänzer, doch sie fühlte Angst und Bedrohung.

Auf einmal riss ein leises Wiehern sie aus ihren Gedanken. Carolin drehte den Kopf und bemerkte, wie Sternentänzer sich zielstrebig der Box näherte. Ganz langsam setzte er auf dem schmutzigen Steinboden einen Huf vor den anderen. Nur leises Hufgeklapper war zu hören.

Carolin drückte sich gegen die Wand. Sie wagte kaum zu atmen. Am liebsten hätte sie Sternentänzer auf der Stelle gepackt und wäre mit ihm aus diesem unheimlichen Stall geflohen. Doch sie spürte, dass dies nicht mehr möglich war.

Nun hatte Sternentänzer die Box erreicht und stand ganz nah vor dem fremden Pferd. Das hob neugierig den Kopf und beschnupperte Sternentänzers Hals.

Die scheinen sich zu kennen, überlegte Carolin und beobachtete die zwei Pferde wie gebannt. *Sternentänzer scheint irgendwie seine Nähe zu suchen.* Auch er beschnupperte nun vorsichtig die Kruppe des anderen Pferdes. Die beiden liebkosten einander auf eine seltsam vertraute Weise. Sternentänzer freute sich ganz offensichtlich. Der Schimmel auch irgendwie. Doch der Ausdruck in seinen Augen blieb wild und bedrohlich.

Völlig unerwartet bäumte er sich mit einem Mal auf, wieherte laut, keilte aus und donnerte einen Huf gegen die Boxenwand. Schlagartig war das Pferd total außer Rand und Band und führte sich auf wie ein wild gewordener Stier. Es schien sich überhaupt nicht mehr beruhigen zu wollen und trat nach allen Seiten. Offenbar hatte der plötzliche Ausbruch auch Sternentänzer überrascht, denn er wich zurück.

Verdammter Mist! Total hektisch griff Carolin nach Sternentänzers Halfter und zog ihn nach draußen.

In der Hacienda brannte bereits Licht. Kurz darauf wurde die Haustür aufgestoßen, und der Alte stürmte heraus. Hinkend und wild fluchend schwenkte er bedrohlich seinen Gehstock durch die Luft. Sein Gesicht war gerötet vor Zorn. Trotz seiner Behinderung war er schnell und kam immer näher.

Hastig wollte sich Carolin auf Sternentänzers Rücken schwingen. Doch ihr ganzer Körper zitterte so sehr, dass es ihr beim ersten Mal nicht gelang. Mit allerletzter Kraft schaffte sie es schließlich beim zweiten Anlauf, sich hochzuhieven.

Der Alte war jetzt fast neben ihr und streckte bereits seine Hand aus. Er wollte sie am Fußknöchel packen und vom Pferd ziehen. Er bekam sie auch zu fassen, doch Carolin trat wie wild um sich und konnte sich aus seinem Griff befreien. Sofort trieb sie Sternentänzer an und galoppierte los. „Lauf, so schnell du kannst, los!

Nichts wie weg hier!", feuerte sie ihn an und drückte sich panisch auf ihr Pferd.

Als sie die kleine Steinpyramide fast erreicht hatten, die das Ende des Geländes markierte, hörte Carolin hinter sich wildes Gekläffe. Zitternd warf sie einen kurzen Blick zurück und sah nicht nur einen, sondern gleich zwei Hunde, die der Alte hinter ihnen herhetzte. In allerletzter Sekunde gelang es ihnen schließlich zu entkommen.

Als Carolin in dieser Nacht endlich in ihrem Bett lag, klopfte ihr Herz noch immer so wild, dass sie Angst hatte, es würde ihr aus dem Leib springen. An Einschlafen war überhaupt nicht zu denken. Sie kuschelte sich in ihre Decke und starrte in die Dunkelheit. Ihre Gedanken purzelten durcheinander wie trockene Blätter in einem Herbststurm.

„Ich versteh überhaupt nichts mehr", erzählte sie der Wand. „Ich frag Sternentänzer nach der merkwürdigen Hacienda, und er zeigt mir eine echt schräge Vision mit Silberstern und Annit. Dann bringt mich Sternentänzer zu diesem Stall. Dort finde ich ein Pferd, das Sternentänzer wie aus dem Fell geschnitten ist, aber sich aufführt wie ein wilder Kampfstier." Carolin zog die Beine an. *Warum war dieser Schimmel so böse? Was hat ihn nur so aggressiv gemacht?*, überlegte sie voller Mitgefühl für das schöne, wilde Tier. *Ist es, weil dieser Garcia das Pferd in diesem schrecklichen, schmutzigen und dunklen Stall einsperrt? Was hat der überhaupt damit zu tun? Wie kommt dieser Alte überhaupt zu so einem wertvollen Pferd?*

Carolin streckte ihre Beine wieder aus und rollte sich zur anderen Seite. „Wenn ich nur wüsste, was das alles zu bedeuten hat“, murmelte sie, bevor ihr endlich die Augen zufielen.

Daheim in Lilienthal

Sommerferien ohne die beste Freundin können ganz schön langweilig sein. In der ersten Woche genoss Lina das Ausschlafen, das Nichtstun und verbrachte viel Zeit mit Thorben am See und in der Eisdiele. Am Ende der zweiten Woche erklärte sie sich freiwillig dazu bereit, ihren Eltern bei der Arbeit zu helfen. Die Schniggenfittichs zogen mit ihrem Wagen von Jahrmarkt zu Jahrmarkt und verkauften dort selbst gemachte Kräuterprodukte. Säfte, Bonbons und Tees. In der dritten Woche trieb Lina die Sehnsucht nach Lindenhain. Sie hockte sich eine Weile auf Carolins Lieblingsplatz auf dem Gatter an der Weide und sah den Pferden zu, die friedlich vor sich hin grasten. Doch allein machte das keinen Spaß. Sie hüpfte wieder vom Zaun und lief auf den Hof.

„Hey, Lina! Falls du Caro suchst, die ist nicht da", rief ihr Jan, der gerade einen Werkzeugkoffer über den Hof schleppte, schon von Weitem entgegen.

„Weiß ich selbst", gab Lina zurück. Sie war nicht in der Stimmung für Späße. Eigentlich war sie momentan für gar nichts in der Stimmung.

Jan stellte den Werkzeugkoffer ab. „Wird echt Zeit, dass Caro zurückkommt", sagte er dann für seine Verhältnisse ausgesprochen ernst. Mit seinem Kaugummi formte er eine Blase und ließ sie lautstark zerplatzen. „Sie fehlt hier echt. Lindenhain ohne sie ist nicht das Gleiche."

Lina hob Sternchen hoch, das um ihre Beine strich. Die Katze vermisste Carolin offenbar auch, aber Lina war nicht wirklich ein Ersatz. Denn nach ein paar Streicheleinheiten befreite sich das schwarze Wollknäuel wieder aus Linas Arm. Lina schnaufte genervt durch und stiefelte auf das Ferienhaus zu.

Jan griff nach seinem Werkzeugkoffer. „Ferdi ist nicht da, falls du ihn suchst."

Lina blieb stehen. „Wo ist er denn?"

„Nach Berlin."

„Davon hat er überhaupt nichts gesagt", wunderte sich Lina. Jan zuckte mit den Schultern. „Er ist gestern abgedüst."

„Ihm ist wahrscheinlich auch langweilig ohne Caro", vermutete Lina. „So wie mir." Sie fischte nach einer Haarsträhne und wickelte sie um ihren Finger.

„Was ist denn mit Thorben?", erkundigte sich Jan noch im Weggehen. „Ist der auch weg?"

„Leider! Mit seinem Vater eine Woche in die Berge." Lina seufzte. „Alle sind weg, nur ich bin hier und werde am Ende der Sommerferien tot sein. Hier ruht Lina Schniggenfittich, verstorben in den Sommerferien aus Langweile, wird dann auf meinem Grabstein stehen."

„Gegen Langeweile weiß ich was." Grinsend klopfte

Jan auf den Werkzeugkasten. „Ich muss ein paar Löcher im Zaun oben flicken und könnte verdammt dringend eine Assistentin brauchen."

Lina rollte mit den Augen. „So langweilig ist es mir dann doch nicht".

„Na gut." Jan stiefelte los.

Lina sah ihm kurz nach, dann holte sie ihr Rad. Ziemlich lustlos radelte sie nach ihrem Abstecher nach Lindenhain wieder zurück zu der Wiese am Ortsausgang von Lilienthal, auf der die Wohnwagen standen, in denen sie mit ihrer Familie lebte.

Auf einmal stutzte sie. Da war Rauch. Sehr viel dichter Rauch. Richtig dicke Rauchfontänen stiegen in die Luft. Ganz hinten am Waldrand - aus der Richtung, in der Amis kunterbunter Wohnwagen sich befand.

„Amiiiiii!!!!!", kreischte Lina panisch. Voller Entsetzen schleuderte sie ihr Rad zur Seite und stürzte auf den Wohnwagen zu. „Amiiii, wo bist du?", schrie sie und rüttelte wie wild an der verschlossenen Wohnwagentür.

Auf einmal hörte sie Gelächter. Merkwürdiges Gelächter, das klang, als rieselten Kieselsteine zur Erde. Es kam von dort, wo auch der Rauch aufstieg. In Windeseile hechtete Lina um den Wohnwagen. „Ami, wo bist du? Geht es dir gut?"

Ami ging es gut. Sie hockte im Schneidersitz auf der Wiese, ihre weiten Röcke hatte sie um sich herum ausgebreitet wie einen Fächer. Neben ihr saß ein alter Mann mit einem weißen Bart, den Lina nicht kannte. Neben den beiden brannte ein gewaltiges Feuer. Der Mann war gerade dabei, etwas in das Feuer zu werfen.

„Ami!"

Als Ami Linas Stimme hörte, fuhr sie so pfeilschnell herum, dass ihre langen Ohrringe bis zu ihren Wangen schaukelten, und legte den Zeigefinger auf ihre Lippen.

Lina nickte ziemlich erleichtert. Kein Brand, nur ein Zauberritual.

Der Mann mit dem weißen Bart stand auf und verfolgte mit seinen Blicken die Rauchschwaden, bis sie sich im Nichts verloren. Dann sah er Ami an, nickte kurz mit dem Kopf und verschwand wortlos.

Lina ließ sich neben ihre Großmutter ins Gras plumpsen. „Was war das denn? Wer war der Typ, und warum macht ihr am helllichten Tag ein Megalagerfeuer?"

„Das Herz der Brennnessel offenbart erst im Feuer ihr wahres Gesicht", erklärte Ami leise.

„Der Mann hat also Brennnesseln in das Feuer geworfen. Aber warum? Was sollte das werden?"

Ami richtete sich auf. Trotz ihres hohen Alters war sie noch erstaunlich beweglich. „Ein schwerer Fall. Eine Frau voller Kummer und Schmerzen, bei der mein Kräuterzauber versagt hat."

„Und da hast du dir Verstärkung geholt", vermutete Lina.

„Glasgow ist ein Meister der Magie. Er liest Orakel in Feuerschwaden. Es ist eine große Ehre, dass er heute gekommen ist."

„Kennst du ihn schon lange?", wollte Lina neugierig wissen.

„Beinahe ein ganzes Leben." Ami raffte ihre Röcke und ging zu ihrem Wohnwagen.

Lina betrachtete ihre Großmutter verstohlen aus den Augenwinkeln. Die Vorstellung, dass ihre Großeltern oder Eltern ein Leben gehabt hatten, bevor sie selbst auf der Welt war, löste bei Lina immer ein merkwürdiges Gefühl aus. „Kanntest du ihn schon vor Großvater?"

Ein Lächeln huschte über Amis von vielen Falten zerfurchtes Gesicht. „Es war lange vor seiner Zeit. Glasgow hat mich viele Dinge gelehrt." Sie legte die Hand an die Klinke ihres Wohnwagens. „Du machst keine Fortschritte", sagte sie dann. Ganz plötzlich. Ohne Anlass. Einfach so.

Lina, die sich gerade aus dem Staub machen wollte, blieb stehen. Sie wusste ganz genau, was Ami meinte. Später einmal sollte Lina in die Fußstapfen ihrer Großmutter als Hexe und Heilerin treten und ihre Nachfolgerin werden. Seit Längerem nahm sie regelmäßig Unterricht bei ihr. Anfangs hatte es auch noch richtig Spaß gemacht. Aber in der letzten Zeit versuchte Lina sich zu drücken, wo sie nur konnte. Und wenn doch eine Unterrichtsstunde stattfand, war sie nicht bei der Sache. Sogar der einfachste Wurzelzauber misslang.

„Ich hab halt grad eine schlechte Phase", erklärte Lina schuldbewusst.

„Du hast eine Blockade."

„Kann schon sein", winkte Lina leichthin ab. „Das wird schon wieder."

Unbekümmert wollte Lina ihrer Wege gehen, erneut hielt sie die Stimme ihrer Großmutter zurück. „Hast du das Geheimnis des Trunks herausgefunden?"

In den letzten Sommerferien hatte Lina vier Wochen

lang einen Kurs in einer Zauberschule in Westerhofen besucht. Dort hatte sie sich mit Amalia angefreundet. In der Bibliothek hatten die beiden Mädchen dann in einem uralten staubigen Buch ein Rezept gefunden. Auf dem Blatt Papier waren nur die Zutaten notiert, nicht wofür es war. Der obere Teil des Zettels war abgerissen.

Amalia und Lina, jede für sich, hatten das Rezept nachgekocht und ein scheußlich stinkendes Gebräu fabriziert. Dieses hatten sie tagelang mit sich herumgetragen, in Vollmondnächten beschwört, auf die Wiese gegossen - ohne jegliche Wirkung.

In Lina keimte ein Verdacht auf. Sie kniff die Augen zusammen. „Du warst das, oder? Du hast diesen Zettel in das Buch gesteckt. Ich sollte herausfinden, wofür dieser Trunk ist. Das war eine Aufgabe von dir!"

„Aufgaben stellt nur das Schicksal." Ami drehte sich um und wollte die Klinke herunterdrücken.

„Nein, Ami, ich hab absolut keine Ahnung, wofür dieser dämliche Trunk ist. Und vielleicht finde ich es nie heraus! Vielleicht bin ich nicht gut genug dazu! Vermutlich werde ich nie so gut sein wie du. Vermutlich täuschst du dich total in mir", stieß Lina voller Wut und Enttäuschung über sich selber hervor.

Ami ließ die Klinke los, setzte sich auf die oberste Stufe ihres Wohnwagens und deutete Lina an, sich neben sie zu setzen.

Lina widerstand nur recht mühsam der Versuchung, einfach wegzurennen, und ließ sich neben ihrer Großmutter nieder.

Ami strich mit dem Finger eine Haarsträhne aus Linas

Gesicht, die vorwitzig vor ihrer Nase baumelte. „Du hast Recht. Du wirst scheitern. Weil du den größten aller Fehler machst“, sagte sie dann. „Du glaubst nicht an dich.“

„Doch ... schon ... aber ...“, brummelte Lina.

„Du zweifelst an dir, und das ist der Anfang des Scheiterns.“ Amis Stimme klang ernst und liebevoll zugleich. „Was du mit halber Kraft unternimmst, wird niemals gelingen.“ Ami erhob sich.

„Also gut, meinetwegen können wir gleich mit dem Unterricht weitermachen“, seufzte Lina ergeben.

„Nein.“ Ami betrat ihren Wohnwagen.

Lina folgte ihr. „Nach dem Tee?“

„Nein.“ Ami holte Jasminblüten und einen Topf aus einem Schrank.

„Heute Abend.“

„Nein.“ Ami füllte den Topf voll Wasser und stellte ihn auf den Herd.

„Morgen.“

„Nein, Lina.“ Ami gab Jasminblüten ins Wasser.

„Wann dann?“

„Wenn du dazu bereit bist“, erwiderte Ami, ohne sich vom Herd zu wenden.

Lina verdrehte die Augen. „Und wann soll das sein?“

„Du wirst merken, wenn es so weit ist.“

„Nächste Woche, nächstes Jahr, wenn ich volljährig bin?“, fragte Lina heftig gestikulierend.

Ein Lächeln umspielte Amis Lippen. „Du musst noch viel lernen, Kind.“ Plötzlich ging ein Ruck durch den Körper der alten Frau. Sie zuckte zusammen, fasste sich mit der rechten Hand an die Brust. Ihr Gesicht war schmerzverzerrt.

„Oh Gott, Ami! Was ist mit dir?“ Panisch packte Lina ihre Großmutter am Arm. „Geht es dir nicht gut?“

Ami straffte sich und schnaufte tief durch. Einmal, zweimal. „Lass nur, es ist nichts“, antwortete sie dann mit dünner Stimme.

„Sicher?“, hakte Lina besorgt nach.

Ami nickte, öffnete den Schrank und holte zwei Tassen heraus – so, als wäre nichts geschehen.

Lina beobachtete sie dabei. Doch es schien, als wäre dieser Anfall tatsächlich so rasch vergangen, wie er gekommen war.

„Wie geht es Carolin?“, fragte Ami plötzlich wie aus heiterem Himmel.

„Caro geht es bestens“, seufzte Lina. „Genießt ihre Ferien, reitet am Strand, tobt im Meer ...“

„Du täuschst dich“, unterbrach Ami sie, während sie mit immer noch ein wenig zitternden Händen den duftenden Jasmintee in zwei Tassen goss. „Es liegt ein dunkler Schatten über ihr.“

Eine unglaubliche Enthüllung

Auch am Tag nach Carolins Vollmondausritt wölbte sich ein tiefblauer Himmel über der Mittelmeerinsel. Gibt es verschiedene Arten von Himmelblau? Ist der Himmel mal intensiver blau oder ist blau einfach immer blau? Himmelblau?

„Caro!“

„Wie?“ Carolin schreckte hoch und blickte in Carmelas Gesicht. Um deren Lippen spielte ein belustigtes Lächeln. „Alles klar bei dir?“

„Ja, klar. Wieso?“

Schmunzelnd deutete Carmela auf Carolins Tasse. „Weil du eben die Himbeermarmelade statt auf dein Brot in deinen Kakao gerührt hast!“

„Wie? ... Oh!“ Carolin zog den Löffel aus ihrer Tasse. Doch es war zu spät. In ihrem Kakao schwamm bereits ein dicker Klecks Himbeermarmelade.

Carmela stand auf. „Ich sag Maria Bescheid, damit sie dir neuen bringt.“

Carolin schaute der jungen Frau nach, bis sie im Wohnzimmer verschwunden war. Paul war heute schon in aller Frühe wegen wichtiger Geschäfte nach Palma gefahren, und daher frühstückte sie allein mit Carmela. Sie lehnte sich zurück und blickte über den Pool, den herrlichen Garten, den Olivenhain und das Meer, das im Hintergrund in der Sonne glitzerte. Es war ein strahlend schöner Tag. Doch Carolin konnte an nichts anderes denken als an die letzte Nacht. An den schmutzigen Stall und Sternentänzers wilden Doppelgänger.

„Por favor." Lachend stellte Carmela ihr eine neue Tasse mit Kakao hin.

„Gracias", erwiderte Carolin. „Bitte" und „Danke" brachte sie auf Spanisch mühelos über die Lippen.

Carmela setzte sich ihr gegenüber und musterte sie. „Mich plagt auch immer Heimweh, wenn ich längere Zeit von zu Hause weg bin", begann sie einfühlsam.

Von wegen Heimweh!, dachte Carolin – und ein bisschen schuldbewusst musste sie sich eingestehen, dass sie momentan überhaupt nicht an zu Hause dachte.

„Dieser Typ ...", begann Carolin.

„Welcher?" Carmela tunkte ein Croissant tief in ihren Milchkaffee.

„Dieser Carlos Garcia ..."

Carmela warf ihr einen verwunderten Blick zu. „Sag mal, warum beschäftigt der dich eigentlich so?"

„Weil ..." Carolin rührte in ihrer Tasse. *Soll ich? Soll ich ihr alles erzählen? Kann ich ihr trauen? ... Immerhin hat sie mir einen Schleichweg zu diesem Stall gezeigt und mich nicht bei Paul verpetzt.*

Carmela winkte ab. „Du musst nicht drüber reden, wenn du nicht willst."

Doch! Ich muss mit jemandem reden. Sonst platz ich! Carolin schnaufte tief durch. „Ich war noch einmal auf dieser Hacienda und hab im Stall ein Pferd entdeckt. Der Stall war düster und schmutzig, das Pferd ungepflegt.“ Carolin seufzte. „Ich weiß nicht, was ich tun soll.“

„Hm!“ Carmela kräuselte ihre Lippen. „Nun ja, ich glaube, ich würde Garcia zur Rede stellen.“

„Meinst du, das ist eine gute Idee?“, wehrte Carolin ab. Der Gedanke, noch einmal auf diesen Alten zu treffen, gefiel ihr überhaupt nicht. „Der jagt mich doch höchstens wieder von seinem Grundstück und verpetzt mich bei Paps.“

„Geh doch einfach hin und sag ihm ganz frech auf den Kopf zu, dass du weißt, dass er unrechtmäßig ein Pferd gefangen hält. Und droh ihm damit, ihn anzuzeigen“, schlug Carmela vor. „Glaub mir, niemand will hier Ärger mit der Polizei haben. Und Carlos Garcia ganz sicher auch nicht.“

„Stimmt“, nickte Carolin überaus eifrig. „Vielleicht hat er das Pferd ja wirklich entführt und will den Besitzer erpressen.“

„Würd ich dem alten Garcia glatt zutrauen.“ Carmela sprang auf, hüpfte leichtfüßig ins Wohnzimmer und drehte die Stereoanlage auf. Bon Jovi bis zum Anschlag. Tänzelnd, mit wehendem Rock und Haar, kam sie wieder zurück auf sie Veranda. „Ich liebe diese Musik. Am besten ganz laut.“

„Und Paps?“

„Er mag das auch.“

„Aha“, machte Carolin verwundert. „Ist ihm das nicht zu laut?“ Früher, in einem anderen Leben, als ihr Vater noch mit Ines und ihr in Lilienthal gewohnt hatte, war er schon aufgebracht in Carolins Zimmer gestürmt, wenn sie die Musik nur einen winzigen Tick lauter als Zimmerlautstärke gedreht hatte. Das hier war beinahe Discolautstärke am frühen Morgen.

„Zu laut?“ Carmela sah sie an, als hätte Carolin soeben daran gezweifelt, dass Mallorca eine Insel ist. „In der Disco ist es noch viel lauter, und das liebt er.“

Carolin riss verwundert die Augen auf. „Mein Vater geht in die Disco?“

„Si, si“, nickte Carmela. „Ja, am Wochenende fahren wir öfters nach Palma und tanzen bis in den frühen Morgen.“

Paps tanzt. In Discos. Carolin war platt. Früher war Paul an Wochenenden meistens schon beim Spätfilm auf der Couch eingeschlafen und hatte geschnarcht, dass sich die Wände bogen. Wenn Ines mal weggehen wollte, hatte er sich meist mit Händen und Füßen dagegen gewehrt. *Und hier geht er die ganze Nacht in die Disco?*

Carmela griff in ihre Umhängetasche, holte eine Zigarette heraus und steckte sie sich an.

„Du rauchst?“, fragte Carolin überrascht. „Was sagt denn mein Vater dazu? Er hasst es doch, wenn Frauen rauchen.“

Carmela zuckte ihre schmalen, olivbraunen Schultern. „Es stört ihn nicht.“

Es stört ihn nicht, wiederholte Carolin in Gedanken

fassungslos. Früher war ihr Vater schon ausgerastet, wenn ein Besucher es gewagt hatte, sich bei ihnen zu Hause eine Zigarette anzuzünden. Entrüstet hatte er ihn bei Wind und Wetter auf die Terrasse geschickt und hinterher stundenlang die ganze Wohnung durchgelüftet. *Welch wundersame Wandlung, Paps!*

Bald nach dem Frühstück sattelte Carolin Sternentänzer und ritt erneut zu der Hacienda. Je näher sie dem geheimnisvollen Anwesen kam, desto feuchter wurden ihre Handflächen und desto mehr kribbelte es in ihrem Bauch.

An der kleinen Steinpyramide stoppte Carolin ihr Pferd kurz. *Sternentänzer verhält sich heute ausgesprochen ruhig – im Gegensatz zu gestern Nacht,* dachte Carolin. *Kommt das daher, weil er jetzt weiß, dass der Schimmel im Stall ist? Ich werde nie aus dir schlau werden, Sternentänzer.*

Während Carolin bei ihren bisherigen Besuchen gehofft hatte, Carlos Garcia würde nicht auftauchen, wünschte sie nun, er wäre vor dem Haus und würde sie sehen. Sie schirmte ihre Augen mit der Handfläche ab. Und tatsächlich – der Alte hielt sich auf dem Hof auf. Er trug wieder die gleiche schmutzige blaue Hose mit Gürtel und Hosenträgern und die gleichen ausgetretenen Schuhe. Vor der Tür zu seinem Wohnhaus stand ein alter Holztisch, darauf lagen ein großer Laib Brot und ein paar überreife eierförmige Tomaten, daneben stand eine Flasche Wein. Darüber spannte sich ein roter Sonnenschirm. Offenbar war Carlos Garcia gerade beim Essen. Die beiden Hunde lagen faul und schläfrig in der Sonne. Die spindeldürre Katze strich erwartungsvoll um die Tischbeine.

„Also los, Sternentänzer, auf in die Höhle des Löwen!" Carolin schnaufte tief durch und biss die Zähne zusammen. Dann trieb sie Sternentänzer an und ließ ihn den Weg zur Hacienda entlangschreiten.

Als er Sternentänzers Hufe auf dem Hof klackern hörte, blickte der Alte auf. Er wollte sofort aufspringen und nach seinem Stock greifen, der am Tisch lehnte. Aber als Carolin ihr Pferd anhielt, abstieg und auf ihn zuging, hielt er inne. Wütend fauchte er etwas auf Spanisch, was Carolin nicht verstand.

„Sprechen Sie vielleicht Deutsch?", begann Carolin mutig - obwohl sie vor Angst ihre Finger, die in den Hosentaschen steckten, in ihre Oberschenkel krallte. „Ich muss mit Ihnen sprechen."

Er zögerte. „Ja. Was willst du von mir?", rief er ihr dann in Deutsch entgegen. „Verschwinde und lass mich endlich in Ruhe!"

Carolin steckte ihre Hände noch tiefer in ihre Hosentaschen und holte Luft. „Sie halten in Ihrem Stall dort unrechtmäßig ein Pferd gefangen, und ich könnte Sie anzeigen."

Der alte Mann starrte sie einen Moment lang an wie einen Geist. Dann ließ er sich auf seinen Stuhl zurückfallen. „Du täuschst dich", erwiderte er matt.

„Ach ja?" Carolin wurde mutiger. „Dann haben Sie ja

nichts dagegen, wenn ich zur Polizei gehe. Das wird ja dann aufgeklärt." Sie machte Anstalten, auf dem Absatz umzudrehen, und hoffte doch darauf, dass Garcia sie zurückhalten würde.

„Warte!", rief er dann. „Ich habe nichts Unrechtes getan", erklärte er mit fester Stimme. Carlos Garcia sah ihr dabei direkt in die Augen, und Carolin spürte, dass er die Wahrheit sagte.

Etwas unsicher deutete sie mit dem Arm Richtung Stall. „Aber warum sperren Sie denn dann dieses Pferd ein?"

Ohne ihr eine Antwort zu geben, erhob sich Carlos Garcia, nahm seinen Stock und schlurfte ins Haus.

Na toll!, dachte Carolin. *Jetzt verschwindet er, und das war's! Und dann?* Unschlüssig stand sie da, versenkte ihre Hände immer noch tiefer in ihren Hosentaschen und wusste nicht so recht, was sie tun sollte. Da wurde die Haustür aufgestoßen, und Garcia tauchte wieder auf. In der rechten Hand trug er einen alten Holzstuhl. Den stellte er an den Tisch und deutete darauf. „Setz dich."

Verwundert blickte Carolin von dem Stuhl zu dem Alten und wieder zurück.

„Setz dich", wiederholte er.

Was wird das jetzt? Warum soll ich mich hinsetzen? ... Na gut, wenn er meint. Ohne die Hände aus ihren Taschen zu nehmen, ließ sie sich auf dem Stuhl nieder. Ganz vorne an der Stuhlkante.

Der Alte musterte sie einen Moment mit stechendem Blick. Aus der Nähe sah er noch Furcht einflößender aus. Er hatte ein schmales, hohlwangiges Gesicht mit tiefdunklen Augen. Sein Gesicht war gezeichnet von einem Leben voller Kummer und Entbehrungen. „Sie heißt Falak“, begann er dann.

Carolin begriff sofort, wovon er sprach. *Bei dem mondhellen Schimmel im Stall handelt es sich also um eine Stute,* kombinierte sie.

Die Stimme des Alten war rau wie ein Reibeisen. „Falak ist arabisch und bedeutet ‚Stern.‘“

Carolin nahm die Hände aus den Hosentaschen und beugte sich nach vorne. Ihr Herz schlug wie ein Trommelwirbel. *Stern, Sternentänzer, der Stern auf der Stirn dieser Stute, der Stern auf Sternentänzers Stirn, das kann doch alles kein Zufall sein!*

Der alte Mann griff mit seinen Fingern nach der Weinflasche und goss sich den samtroten Wein in sein Glas. „Ich habe keine Limonade“, sagte er dabei, und es klang beinahe wie eine Entschuldigung.

„Ich hab keinen Durst.“

„Ich war früher ein begeisterter Reiter“, redete Carlos Garcia weiter, und zum ersten Mal schien er ein wenig zu lächeln. „Ich liebte es, über die Felder zu jagen. Ich liebte Pferde. Ich wollte eine Zucht aufbauen.“ Garcia machte eine Pause und trank einen Schluck Wein. „Und dann sah ich sie.“ Sein Lächeln wurde noch ein wenig breiter, seine Stimme mit einem Mal beinahe zärtlich. „Sie war so wunderschön. Weiß wie Alabaster mit diesem herrlichen, kleinen schwarzen Stern auf der Stirn. So schön, so sanft, so lieb. Ich habe sie in Syrien entdeckt.“

Carolin guckte den Mann mit großen Augen an. „In Syrien?", wiederholte sie überrascht.

Garcia nickte. „Seit vielen Jahrhunderten werden Vollblutaraber auf der Arabischen Halbinsel, in Syrien und in Ägypten gezüchtet. Meine Falak ist ein echter Wüstenaraber. Ihre Besonderheit liegt in der Anzahl der Wirbel. Der Vollblutaraber hat siebzehn Rippen, andere Pferderassen achtzehn. Wusstest du das?"

„Nein, ja ... weiter ...", stammelte Carolin.

Mit dem Handrücken wischte sich Garcia die Schweißtropfen von der Stirn. Offenbar strengte ihn das Gespräch sehr an. „Falaks Großvater war der schönste Schimmel unter der Sonne, das herrlichste Pferd, das diese Wüstenbewohner je besaßen. Er ist noch unter den Beduinen durch die Wüste gerannt. Teilweise hat er pro Tag mehr als hundert Kilometer zurückgelegt. In Hitze und Staub. Nachts wird es in der Wüste sehr kalt. Echte Araberpferde halten das aus. Sie sind klug, stark und schön. Und meine Falak war die Schönste von allen. Sie hat mich sehr viel Geld und Überredungskunst gekostet. Aber wie gesagt, ich wollte eine Zucht aufbauen, und Falak schien mir bestens dafür geeignet."

Carolin hing gebannt an seinen Lippen und wagte vor Aufregung kaum zu atmen. Trotz der Hitze bekam sie eine Gänsehaut an ihren Unterarmen.

Garcia tastete nach seinem Stock und stocherte damit auf dem Boden herum. Seine Augenlider flackerten. „Anfangs hatten wir eine schöne, unbeschwerte Zeit, Falak und ich. Wir sind zusammen ausgeritten und wurden unzertrennlich."

Wie Sternentänzer und ich, dachte Carolin atemlos.

„Eines Tages entdeckte ich, dass sie trächtig war." Garcia hob den Kopf und sah Carolin an. „Bis heute kann ich mir nicht erklären, wie es passiert ist und welcher Hengst sie gedeckt hat. Ich jedenfalls hatte sie nicht decken lassen. Aber egal, ich freute mich über den unerwarteten Nachwuchs. Denn das war es ja, was ich wollte. Die Nacht, in der sie ihr Fohlen gebar, werde ich in meinem ganzen Leben nie vergessen." Garcia griff nach dem Glas und trank wieder einen großen Schluck Wein, seine Finger zitterten.

„Warum?", stammelte Carolin atemlos.

„Es war eine Vollmondnacht. In dieser Nacht zog ein Gewitter auf. Aus heiterem Himmel. Wolken schwärzer als schwarz bedeckten von einer Minute zur anderen den Himmel. Regen peitschte auf die Erde. Blitze zuckten über den tiefschwarzen Himmel." Garcias Hände zitterten immer heftiger. „Wahrlich, es schien, als würde die Welt untergehen. Es muss das gewaltigste Unwetter aller Zeiten gewesen sein."

„Und dann?", hauchte Carolin. Reglos saß sie auf ihrem Stuhl und wartete, dass der alte Mann weitererzählte.

„Es gab einen Donner, laut wie ein Flugzeugabsturz. Im gleichen Moment schlug ein Blitz in die alte Eiche auf der Hacienda ein."

„Ein Blitz", wiederholte Carolin tonlos. Ihr wurde abwechselnd heiß und kalt, und sie krallte sich an der Tischkante fest. „Und eine Sternschnuppe fiel vom Himmel", murmelte sie heiser.

Der Alte sah sie prüfend an. „Genau so war es", nickte er. „Woher weißt du das?"

„Das ... das ist oft so", stammelte Carolin. „Das haben wir in der Schule gelernt. In Chemie ... äh, nein, in Physik." *Von wegen Physik!*

„In einer stürmischen Vollmondnacht schlägt ein Blitz in eine jahrhundertealte Eiche ein, und eine Sternschnuppe fällt vom Himmel. Im gleichen Moment wird ein wunderschöner Schimmel mit einem kleinen schwarzen Stern auf der Stirn geboren."

Diesen Hinweis hatte Carolin vor langer Zeit auf der Suche nach Sternentänzers Geheimnis entdeckt.

„Die alte Eiche stand lichterloh in Flammen, und just in diesem Augenblick kam das Fohlen zur Welt, Falaks Fohlen." Die Hand des alten Mannes, die zum Weinglas griff, wollte gar nicht mehr zur Ruhe kommen. Seine Stimme bebte. Die Erinnerung an diese Nacht schien ihn sehr aufzuwühlen. „Es war ein herrliches Hengstfohlen, ein reinrassiger Araberhengst. Mondhell, elegant und wunderschön wie seine Mutter. Selbst den kleinen schwarzen Keilstern hatte es geerbt."

Carolin zuckte zusammen - aber es dauerte einige Sekunden, bis ihr die Erkenntnis ganz und gar bewusst wurde. „Sternentänzer", murmelte sie kaum hörbar und drückte ihre Finger immer tiefer in das Holz.

„Wie?"

„Nichts, nichts! Was geschah dann?"

„Meine Freude über das wunderschöne Fohlen war unendlich groß. Es war gesund, stark und reinrassig. Es wuchs jeden Tag. Es war eine Freude, ihm zuzusehen.

Doch plötzlich, von einem Tag auf den anderen, ging in meiner Falak eine schreckliche Veränderung vor sich." Er streckte seinen Arm aus und deutete auf eine kahle Stelle neben dem Haus. „Dort stand die Eiche. Jahrhunderte hatte sie überlebt, doch in dieser Nacht nach dem Blitzschlag brannte sie ab bis zu den Wurzeln."

„Und was war mit Falak?", fragte Carolin neugierig.

Garcia zuckte mit der Schulter. „Meine Falak veränderte ihren Charakter. Sie wurde aggressiv und böse, keilte nur noch und stieg und wollte sich nicht mehr reiten lassen."

So wie ich sie im Stall erlebt habe, schoss es Carolin durch den Kopf.

„Ich habe sie so geliebt, meine Falak. Doch ich konnte sie nicht mehr zähmen. Es wollte mir einfach nicht gelingen." Tränen schimmerten in den Augen des alten Mannes. Seine Lippen zitterten, während er weitersprach. „Was hab ich alles versucht! Pferdetrainer, Pferdeflüsterer und Tierärzte. Es gibt nichts, was sie nicht an meiner Falak ausprobiert hätten. Sie haben ihr sogar ein Medikament gespritzt, das unruhige, hyperaktive Kinder bekommen. Ich wollte das nicht, und genutzt hat es auch nicht. Tagelang hatte sie Krämpfe, das war alles." Verächtlich spuckte er auf den Boden. „Doch niemand hat es geschafft, sie zu zähmen. Mit keinem Mittel."

Das arme Pferd! Carolin spürte einen eisernen Geschmack im Mund. Sie hatte gar nicht bemerkt, dass sie so heftig auf ihrer Unterlippe gekaut hatte, bis diese zu bluten begann.

„Dann gab es eines Tages diesen Vorfall. Ich war

wieder einmal mit ihr unterwegs gewesen, sie schlug aus und verletzte eine Frau leicht am Bein. Es war wirklich nichts Schlimmes. Doch schnell sprach sich dann herum, dass mein Pferd gefährlich sei. Die Leute haben mir geraten, ich solle es weggeben. Oder einschläfern lassen." Der alte Mann schluckte. „Aber ich liebe meine Falak doch so sehr. Niemals hätte ich es über das Herz gebracht, mich von ihr zu trennen. Niemals." Garcia schluckte erneut. „Dann drohten sie mir. Eines Abends standen sie vor meiner Tür."

„Wer?"

„Die Brüder der Frau. Sie tobten und ballten wütend die Fäuste und erklärten Falak für gemeingefährlich."

„Oh mein Gott!"

Garcia bedeckte sein Gesicht mit den Händen. „Ich könne es mir aussuchen, brüllten sie. Mein Pferd oder ich", murmelte er. „Ich hatte keine Wahl. Ich sagte ihnen, ich würde das Pferd weggeben." Durch seine Finger tropften Tränen. Rasch wischte er sie mit der Handfläche weg und redete weiter. „Daher blieb mir nichts anderes übrig, als sie im Stall zu lassen, sie zu verstecken und nur herausholen, wenn niemand in der Nähe war. Den Leuten hab ich erzählt, dass sie fort sei."

Carolin schluckte und schluckte, um den bitteren Geschmack aus ihrem Mund loszuwerden. *Daher die vernagelten und verhängten Fenster.* „Was geschah mit Falaks Fohlen?", stieß sie dann aufgewühlt hervor.

„Es wuchs, wurde groß und schön. Aber ich hatte große Angst, es würde sich genau so entwickeln wie seine Mutter. Daher habe ich es eines Tages verkauft."

„An wen?“, fragte Carolin mit belegter Stimme.

Der alte Mann zog die Augenbrauen zusammen. „Weiß ich nicht mehr, ist schon so lange her.“

„Bitte überlegen Sie!“ Carolin ließ mit einer Hand von dem Tisch ab und fasste den alten Mann am Arm. „Bitte!“

Carlos Garcia trank noch einen Schluck Wein. „Aus Deutschland kam er. Ein Mann wie ein Kleiderschank, groß, breit und wuchtig. Und er hat eine Zigarette nach der anderen geraucht.“

„Frank Stone“, murmelte Carolin vor sich hin, und ihr Magen begann sich zu drehen.

„Wie?“

„Frank Stone“, wiederholte Carolin etwas lauter. Sie hatte das Gefühl, als würde ein schwerer Stein auf ihrer Brust liegen. Sie konnte nicht mehr richtig durchatmen. Stone war der Vorbesitzer von Sternentänzer. Der Mann, von dem sie das Pferd übernommen hatte.

Carlos Garcia schüttelte den Kopf. „Nein, so hieß er nicht.“

„Frank Heller?“ Stone war ein Gangster, gesucht wegen Einbruch, Versicherungsbetrug und Diebstahl. Heller war sein Deckname.

Garcia kniff seine Augen zusammen. Er schien in seinem Gedächtnis zu kramen. „Genau“, bestätigte er dann. „Doch. Ja, ich erinnere mich. Genau so hieß der Mann, dem ich Falaks Fohlen verkauft habe.“

Oh mein Gott!, dachte Carolin. *Dann ist Sternentänzer wirklich Falaks Fohlen. Der wilde, gefährliche Schimmel in dem Stall ist also Sternentänzers Mutter.*

„Dieser Deutsche machte ein gutes Geschäft." Garcia schnaubte bitter. „Für ein paar hundert Euro hab ich meinen Star damals weggeben. Dabei war er ein Vermögen wert."

„Star?"

Garcia nickte. „Star für Stern. So hab ich Falaks Fohlen getauft." Er drehte sich um und hielt nach Sternentänzer Ausschau. Das Pferd stand im Hof und schnupperte auf der Suche nach frischem Gras über den Boden. „Er muss Falaks Sohn sein. Er muss Star sein", stellte er fest. „Als ich ihn neulich zum ersten Mal mit dir sah und dabei den schwarzen Stern auf seiner Stirn entdeckte, dachte ich, mein Herz würde stehen bleiben", sagte der alte Mann leise. „Star war wieder da, und mit ihm kamen alle Erinnerungen wieder zurück." Er schüttelte traurig den Kopf. „Keine schönen Erinnerungen."

„Das tut mir leid", erwiderte Carolin mitfühlend.

Der alte Mann schaute wieder hinüber zu Sternentänzer. „Pass bloß auf mit deinem Pferd! Dass dir nichts passiert!", warnte er.

Carolin zuckte zusammen. *Er glaubt, dass Sternentänzer ebenso bösartig ist wie seine Stute,* dachte sie alarmiert. „Nein! Mein Sternentänzer ist nicht so", begehrte sie gleich auf. „Er ist lieb und nett und wurde noch nie böse, noch nie! Er ist ganz anders."

Carlos Garcia blickte Carolin in die Augen. „Auch meine Falak war lieb und nett", erwiderte er leise. „Gib auf dich Acht, Mädchen! Dein Pferd ist Falaks Sohn. Ich bin sicher, auch es hat etwas Böses in sich, sonst wäre meine Falak nach seiner Geburt nie so geworden."

„Oh nein! Sie täuschen sich!“ Carolin schüttelte ihren Kopf so heftig, dass ihr beinahe schwindelig wurde. Mit einem Mal spürte sie Wut für diesen alten Mann. „Mein Sternentänzer ist nicht so! Er hat nichts Böses in sich. Ganz sicher nicht!“ Ihre Augen wanderten zu Sternentänzer, der immer noch friedlich nach Gras suchte.

Carlos Garcia nahm sein Glas und trank es leer. „Ich wünsche dir, dass du Recht hast, Mädchen.“ Er stand auf. „Und nun ist es besser, du gehst.“ Auch er warf noch einen Blick auf Sternentänzer. Seine Augen waren nun wieder finster, stechend und dünn wie Schlitze. „Es ist besser, ihr verschwindet. Du und Falaks Sohn.“

Eine Vision erfüllt sich

Carolin kauerte der Länge nach auf dem Bett, hielt den Silberrahmen mit Sternentänzers Foto in der Hand und streichelte zärtlich über den Kopf des Pferdes. Immer und immer wieder ging ihr die Erzählung des alten Mannes durch den Kopf. Sie konnte es kaum glauben, dass Falak tatsächlich Sternentänzers Mutter war. Dieses wilde, bösartige Pferd, das sie in dem Stall gesehen hatte, sollte seine Mutter sein? Und dann hatte dieser Carlos Garcias auch noch Sternentänzer schlechtreden wollen.

„Der alte Mann täuscht sich“, murmelte sie vor sich hin und hauchte einen Kuss auf das Foto. „Was weiß der denn schon!? Gar nichts! Er ist verrückt, sagt Carmela ja auch. Wahrscheinlich bildet der sich Dinge ein, die es gar nicht gibt. Bestimmt sieht er weiße Mäuse! Sternentänzer ist nicht böse, das kann nicht sein.“

Sie drehte den Rahmen um und holte einen kleinen, zerknitterten, inzwischen schon sehr vergilbten Zettel hervor. *„In einer stürmischen Vollmondnacht schlägt ein Blitz in eine jahrhundertealte Eiche ein, und eine*

Sternschnuppe fällt vom Himmel. Im gleichen Moment wird ein wunderschöner Schimmel mit einem kleinen schwarzen Stern auf der Stirn geboren. Naytukskie Kukatos, was in der Indianersprache „Der Stern" bedeutet, ist schön wie der junge Morgen, stark wie ein Bär, schnell wie der Wind und schlau wie ein Fuchs. Er soll über eine außergewöhnliche Gabe verfügen. Er kann in die Zukunft blicken. Schnell spricht sich die Kunde herum, und jeder ist bestrebt, dieses wunderschöne Pferd zu besitzen. Doch Unzählige sind an ihm gescheitert. Denn seine magischen Kräfte kann nur derjenige nutzen, der sein Vertrauen gewinnt."

Carolin erinnerte sich noch daran, als wäre es gestern gewesen, als sie bei einer Internetrecherche in der Bücherei Sternentänzers Geheimnis aufgespürt hatte. „Da steht nichts von böse, gar nichts!", schimpfte sie leise vor sich hin. „Vermutlich will er einfach nur mein Pferd miesmachen. Vielleicht hofft er, dass ich es ihm dann überlasse. Nachdem er nun gesehen hat, was für ein prächtiger und lieber Hengst aus ihm geworden ist. Vermutlich bereut er, dass er Sternentänzer damals verkauft hat. Ja, bestimmt ist er neidisch auf mich und meinen Sternentänzer."

Sie legte das Bild auf ihren Bauch, behielt den Zettel in ihrer Hand, schloss die Augen und dachte nach. Über Sternentänzer, über die Zeit, die sie bisher gemeinsam mit ihm verbracht hatte. *„Durch ihn konnten die armen Ponys gerettet werden. Durch ihn hab ich das Versteck von Karla im Wald gefunden. Es gibt so viel Gutes, was mit seiner Hilfe passiert ist. Nie gab es etwas Böses,* *niemals ... Oder doch?“* Carolin wollte sich auf ihre Unterlippe beißen, ließ es aber, weil es höllisch brannte.

Damals, als diese Filmcrew auf Lindenhain drehte, hat er sich ziemlich aggressiv verhalten, überlegte Carolin dann. *Und neulich erst, hat er auch Julia gezwickt. Aber beide Male führte er eigentlich nur Gutes im Schilde. Zum einen wollte er mich vor einer Gefahr warnen, zum anderen hat sich Julia auch ziemlich fies verhalten und verdiente eine kleine Abreibung. Aber trotzdem ... ganz in Ordnung ist es ja eigentlich nicht, wenn er beißt.*

Mit einem Mal beschlichen Carolin doch leichte Zweifel. Sie hob die Hand mit dem Zettel bis über ihren Kopf. *Vielleicht ist die Indianerlegende hier ja nicht vollständig? Vielleicht hab ich damals bei meiner Recherche ja nicht die ganze Geschichte gefunden? Vielleicht steckt doch mehr dahinter? Vielleicht umgibt Sternentänzer noch ein Geheimnis, das ich bis jetzt nicht kenne?*

Carolin kaute nun doch wieder auf ihrer Lippe, die prompt erneut zu bluten begann. „Es gibt nur einen Menschen, der mir helfen kann. Ami!“

Es klopfte an der Tür. „Caro?“ Es war ihr Vater. „Kann ich reinkommen?“

„Moment!“ Rasch steckte Carolin den Zettel wieder in den Rahmen und stellte das Bild auf den Schreibtisch. „Du kannst!“

Paul trat ein und schaute sich erst mal um. „Hallo, Tochter.“

„Oh, hallo, Paps. Wieder da aus Palma?“, erkundigte sie sich im lockeren Plauderton. *Ich wollte ihn ja noch fragen, wie er seine Kohle verdient,* schoss es ihr durch den Kopf.

„Pack deine Badesachen, und los geht's!", kommandierte er.

„Jetzt?" Eigentlich wollte ich Lina anrufen, und Ami.

„Nein, im August 2015. Klar, jetzt!" Er rieb sich die Hände.

Carolin fügte sich und holte ihre Badesachen aus dem Schrank. „Und wohin?"

„Wirst du schon sehen, Abmarsch!", kündigte ihr Vater an und eilte mit großen Schritten voraus.

„Caro!!!!!!!" Pauls Stimme klang etwas kläglich. „Warte auf uns!"

„Brrrrr, Sternentänzer!" Grinsend zügelte Carolin ihr Pferd und blickte sich um. Hinter ihr auf der staubigen Landstraße folgten Paul in abgeschnittenen Jeans, mit einem weißen T-Shirt und einer Basecap auf einem Haflinger und Carmela in Shorts und Spaghetti-Shirt mit Strohhut und einem kleinen Rucksack auf einem eleganten Braunen.

Mann, Paps, dass ich dich mal auf einem Pferde erlebe, hätte ich auch nie vermutet!, schmunzelte Carolin in sich hinein. *Früher hattest du ja mit Pferden absolut nix am Hut!*

Paul hatte die Idee zu einem gemeinsamen Reitausflug gehabt. Er hatte Carmela zuliebe, die eine begeisterte Reiterin war, kürzlich mit dem Reiten angefangen und sogar Gefallen daran gefunden. Aber man merkte natürlich, dass er Anfänger war - und nun Mühe hatte, mit Carolin und Sternentänzer Schritt zu halten.

„Es ist immer noch zu staubig und zu heiß“, klagte nun Carmela. „Wir hätten noch ein bisschen warten sollen.“

Obwohl es schon später Nachmittag war, hatte die Sonne noch immer viel Kraft. „Was seid ihr denn für Warmduscher?“, rief Carolin ihnen amüsiert zu. „Ihr wollt doch nicht etwa schon schlappmachen?“

„Ich schlage vor, wir reiten gleich zum Meer. Dort ist die Luft angenehmer“, ächzte Paul, als er schließlich auf Carolins Höhe angekommen war. „Ich kenne hier in der Nähe einen traumhaft schönen, menschenleeren Strand.“

„Oh ja!“, nickte Carmela. „Ich bin dafür.“

„Aber wir sind doch erst kurz unterwegs“, meinte Carolin, immer noch sehr amüsiert über den leidenden Gesichtsausdruck der beiden.

„Wir erfrischen uns kurz und reiten dann weiter, wenn es kühler wird“, bestimmte Paul. Ohne Carolins Antwort abzuwarten, übernahm er die Führung. Er bog auf eine asphaltierte Straße, die ritt er entlang, bis die ersten Häuser einer kleinen Siedlung erschienen. Dort folgte er einem großen Schild mit der Aufschrift *Playa*, also Strand. Auf einem Felsvorsprung neben einer mannshohen Agave hielt er sein Pferd an. „Ach du je!“, rief er dabei offenbar wenig erfreut.

Carolin stoppte neben ihm, folgte seinem Blick und musste grinsen. Vor ihnen lag eine pinienumrahmte

Minibucht mit türkisfarbenem Meer. Der Strand war traumhaft schön, aber alles andere als menschenleer: Die helle Farbe des Sandes ging im Kunterbunt des Badebetriebs verloren. Überall Liegestühle, Badetücher, Sonnenschirme und dazwischen ein paar trockene Algenhaufen. Spanische Großfamilien mit Kind und Kegel, mit Picknickkoffern, Angeln, Flossen und Taucherbrillen genossen den Strand ebenso wie zahlreiche hellhaarige, hellhäutige Touristen. Es roch stark nach Pommes und Sonnenöl.

Etwas ratlos schob Paul seine Basecap vor und zurück. „Letztes Mal war es hier noch menschenleer."

„Wann war das denn?", fragte Carmela lachend.

„Ostern."

„Na ja. Klar. Im August ist alles voll."

Paul wendete seinen Haflinger. „Da unten quetsch ich mich jedenfalls bestimmt nicht dazu."

Carmela überlegte einen Moment. „Nicht weit von hier gibt es einen Strand, der sicher nicht so voll ist. Man erreicht ihn nicht mit dem Auto, nur mit einem Boot oder zu Fuß. Wollen wir dorthin?"

Als Paul nickte, setzte sich Carmela an die Spitze der kleinen Reitergruppe. „Dein Pferd bewegt sich fast mit der Anmut einer Tänzerin", lobte sie, als Carolin zu ihr aufschloss. „Meinen muss ich immer fest an die Hand nehmen und hart mit ihm arbeiten, bis er die Muskeln im Rücken lockert."

„Das Pferd gehört dir?", staunte Carolin. Sie hatte zwar bemerkt, dass Carmela gekonnt mit dem Pferd umging, vermutete aber, sie habe einfach nur viel Reiterfahrung.

Carmela lächelte. Ihre dunklen Augen leuchteten. „Fernando ist quasi ein Familienmitglied. Mein Großvater ritt auf seinem Großvater, mein Vater auf seinem Vater und nun ich auf ihm."

Carolin schwieg einen Moment. *Es muss schön sein, die ganze Verwandtschaft seines Pferdes zu kennen. Vater, Mutter, alle. Ich wünschte, ich wüsste das auch von Sternentänzer.*

„Es muss ein Traum sein, ihn zu reiten", unterbrach Carmela ihre Gedanken.

Carolin hielt Sternentänzer an, saß ab und streckte Carmela die Zügel entgegen. „Hier."

Carmela strahlte über das ganze Gesicht, stieg von ihrem Braunen und übergab ihn Carolin. Ehrfürchtig näherte sie sich dem prächtigen weißen Araberhengst und streichelte seinen Hals so sanft, als wäre er zerbrechlich. „Du bist wunderschön", flüsterte sie dabei. Sternentänzer schien das Lob zu mögen, denn er gab ein leises, zufriedenes Schnauben zurück. Carmela schwang sich auf seinen Rücken. Immer wieder legte sie die Hand an Sternentänzers Hals. „Ich habe noch nie ein Pferd mit so feinem, seidigem Fell geritten", schwärmte sie dabei. „Selbst im Trab ist er traumhaft zu sitzen", rief sie Carolin über den Rücken zu.

Eine Weile war Paul den beiden schweigend gefolgt. Doch allmählich war er mit seiner Geduld am Ende. „Könnt ihr eure Pferdefachgespräche nicht später führen, wenn wir wieder zu Hause sind?", klagte er. „Ich schmelze dahin wie ein Stück Vollmilchschokolade in der Sonne."

„Wir haben es gleich geschafft", gab Carmela zurück und trieb Sternentänzer an. Sie bog von der asphaltierten Straße in einen kleinen, an beiden Seiten dicht mit Sträuchern bewachsenen Weg ein und dirigierte Sternentänzer behutsam an den herumliegenden Steinen vorbei. Nach zehn Minuten wurde der Weg weiter und öffnete sich zum Meer. „Wir sind da", rief Carmela und saß ab.

Als Carolin mit dem Braunen aufschloss und neben Carmela zum Stehen kam, hielt sie den Atem an. „Das gibt's doch nicht!", murmelte sie leise. Es war ein langer, feiner Sandstrand, halbkreisförmig von Felsen begrenzt. Es gab Palmen, die sich sacht im Wind bewegten, und das hellblaue, klare Wasser lief in langen, schaumgekrönten Wellen aus.

„Perfekt", lobte Paul und glitt außer Atem und nass geschwitzt vom Rücken seines Haflingers. „Oder, Caro?"

„Absolut perfekt", nickte Carolin aufgeregt. *Das ist er,* dachte sie dabei. *Das ist der Strand, den ich in meiner Vision zu Hause gesehen habe. In der Vollmondnacht, in der Schlossruine und beim Putzen. Absolut genau so sah er aus!*

Carmela zog aus ihrem Rucksack eine karierte Decke, breitete sie aus und setzte sich darauf. Dann holte sie eine Thermoskanne und Plastikbecher heraus und goss eine weiße Flüssigkeit hinein.

Carolin ließ sich neben sie auf die Decke fallen und starrte wie gelähmt auf das Wasser. *Genau so sah er aus. Genau hier bin ich in meiner Vision entlanggeritten. Warum sind wir jetzt hier? Was passiert nun hier?*

„Caro!“ Carmela tippte leicht an Carolins Schulter.

Carolin zuckte zusammen.

„Hier, magst du?“

Carolin schüttelte kurz den Kopf, um die Gedanken an die Vision zu vertreiben. Dann fiel ihr Blick auf die helle Flüssigkeit in dem Becher. „Was ist das?“, fragte sie neugierig.

„Horchata.“

„Was?“

Paul trank seinen Becher in einem Zug leer. „Ein klasse Erfrischungsgetränk im Sommer. Es besteht aus Wasser, Zitronensaft und gemixten Erdmandeln.“

„Erdmandeln“, wiederholte Carolin skeptisch und schnupperte am Becherrand. Es roch nicht besonders verführerisch. Da sie jedoch großen Durst hatte, trank sie ihren Becher leer. Dann zog sie ihre Beine an, umschlang sie mit den Armen und beobachtete Paul und Carmela, die ins Wasser liefen.

Was soll ich hier bloß?, grübelte sie. *„Jemanden retten“, sagte Ami. Aber wen? Paps und Carmela? Ertrinken die vielleicht gleich und brauchen meine Hilfe?*, dachte sie in einem Anfall von Galgenhumor. Angestrengt nagte sie auf ihrer Unterlippe. *In der Vision bin ich auf Sternentänzer geritten,* überlegte sie weiter.

Carolin stand auf, wischte sich mit dem Handrücken die Schweißperlen von der Stirn und stiefelte zu Sternentänzer, der unter einer schattigen Pinie Schutz vor der Sonne gesucht hatte. Es war immer noch ziemlich heiß.

Mit einem Satz schwang sie sich auf Sternentänzers Rücken und trieb ihn an. „Los, Sternentänzer, lauf den Strand entlang, los!“ Gehorsam setzte sich der Hengst in Bewegung und trabte durch den Sand. Erst langsam, danach immer schneller, bis sie schließlich am Meer entlanggaloppierten. Das Wasser spritzte bis zu Carolins Nase hoch.

Carolin versuchte, sich voll und ganz auf den Ritt zu konzentrieren. Sie kniff die Augen zusammen und spannte jede Faser ihres Körpers an. Dann ließ sie wieder locker, drückte sich so eng über Sternentänzers Hals, dass seine Mähne in ihr Gesicht klatschte. Doch nichts passierte. Immer wieder ritt sie den Strand auf und ab. Nichts. Rein gar nichts geschah. Paul und Carmela räkelten sich inzwischen auf der Decke und ließen sich von der Sonne trocknen.

Nach dem zehnten Mal gab Carolin auf. Seufzend saß sie ab, brachte Sternentänzer wieder unter die schattige Pinie und hockte sich zu den anderen auf die Decke.

„Das ist wahre Pferdeliebe“, zwinkerte Paul ihr mit einem Funken Ironie zu. „Bei dreißig Grad im Schatten am Strand lieber reiten als schwimmen!“

„Ich kann sie verstehen“, seufzte Carmela. „Du fühlst dich nirgends so frei wie auf dem Rücken eines Pferdes. Und wenn es dann auch noch so prächtig ist wie Sternentänzer!“

Allmählich ging der sonnige, windstille Nachmittag in einen milden Abend über. Bei Sonnenuntergang leuchtete der Himmel in allen erdenklichen Rot- und Orangetönen.

Carolin saß auf einem Felsen und blickte hinaus auf das Meer. Sie sah zu, wie das letzte Licht des Tages dem tiefen Dunkelblau des Nachthimmels wich. Aber sie hatte von dem schönen Farbenspiel nicht wirklich viel bemerkt, so tief war sie in Gedanken versunken.

Inselerkundung und jede Menge Geschichte

Kurz vor Mitternacht kehrten sie wieder in die Finca zurück. Paul hatte sie noch in ein typisch mallorquinisches Restaurant zum Essen eingeladen. Er gab seiner Tochter einen kleinen Klaps auf die Schulter. „Und jetzt, ab in die Falle, Töchterchen."

Carolin stellte sich auf Zehenspitzen und hauchte ihm einen Kuss auf die Wange. „Nacht, Paps."

„Träum was Schönes", rief er ihr noch nach, bevor er im Wohnzimmer verschwand.

Was Schönes?, wiederholte Carolin. *Wetten, dass ich den schlimmsten Albtraum meines Lebens haben werde?,* dachte sie - und mit einem Mal war alles wieder da. Carlos Garcia, Falak, das Böse, ihre Vision und dieser Strand.

Ich muss unbedingt Lina anrufen, beschloss Carolin, als sie die Tür zu ihrem Zimmer hinter sich geschlossen hatte. Sie kramte ihr Handy hervor und drückte Linas Nummer. Es tutete ewig, bevor sich endlich eine völlig verschlafene Lina meldete.

„Ja, hallo?"

„Lina, ich bin's, Caro."

„Du?" Kleine Pause. Dann: „Weißt du, wie spät es ist? Ich hab schon voll gepennt."

Carolin schnaufte tief durch. „Ich brauch deinen Rat, Lina. Es ist dringend."

„Okay, wart mal kurz." Wieder eine kleine Pause. Dann war Lina zurück. Ihre Stimme klang munterer als zuvor. „So, ich hab mir jetzt eine Handvoll eiskaltes Wasser ins Gesicht gekippt. Schieß los!"

„Okay."

„Und Caro, wenn das nicht wirklich wichtig ist, sprech ich nie wieder ein Wort mit dir, mein ganzes Leben!"

Carolin schmunzelte. „Du bist die beste Freundin der Welt."

„Ich weiß, und jetzt leg schon los!" Lina gähnte.

Carolin erzählte Lina die ganze Geschichte. Von der merkwürdigen Vision mit Silberstern und Annit bis hin zu dem Gespräch mit Carlos Garcia über Sternentänzers Geburt. „Was sagst du dazu?", fragte sie, als sie geendet hatte.

Lina sagte gar nichts.

„Lina, bist du eingeschlafen?"

Lina schwieg weiter.

„Lina, hallo!

„Boah!", kam schließlich vom anderen Ende der Leitung. „Das ist ja echt der Hammer. Der Megahammer!" Mit einem Mal erinnerte sich Lina an den merkwürdigen Nachmittag. Den alten Mann mit dem weißen Bart bei ihrer Großmutter, Amis Anfall und ihre Worte: „Es liegt ein düsterer Schatten über ihr."

„Und was meinst du, hat das alles zu bedeuten?“, drängelte Carolin.

„Keine Ahnung, Caro“, antwortete Lina leise. „Ich weiß es nicht.“

Plötzlich vernahm Carolin vom anderen Ende der Leitung ein Rascheln und das Quietschen einer Tür. „Lina? Bist du noch da?“, fragte sie.

„Hör zu, Caro.“ Lina klang atemlos. „Ich geh jetzt zu Ami und erzähl ihr alles. Ich nehm mein Handy mit. Ruf mich in zehn Minuten noch mal an. Tutututut!“ Lina hatte aufgelegt.

Zehn Minuten können richtig lang sein. Carolin schlich in die Küche und holte sich ein Glas Fruchtsaft. Dazu eine Packung Kekse und eine Handvoll Schokobonbons. Das alles transportierte sie in ihr Zimmer. Sie ließ sich auf ihr Bett fallen und knabberte die Kekse. Einen nach dem anderen, wie mechanisch - einfach nur, um sich die Zeit zu vertreiben.

Als die zehn Minuten endlich vorbei waren, hatte Carolin die ganze Keksrolle verspeist und ihr Bett voll gekrümelt. Hektisch wählte sie Linas Nummer.

Es läutete, aber Lina antwortete nicht. Carolin schnappte sich ein Schokobonbon und versuchte es nach zwei Minuten erneut. Wieder meldete sich niemand. *Hoffentlich ist Lina nicht wieder eingepennt*, dachte sie besorgt und drückte die Wahlwiederholung. Wieder nichts.

Nach zehn Minuten hatte Carolin fast alle Schokobonbons verspeist und saß ziemlich ratlos im Schneidersitz auf ihrem Bett, um sich herum lauter Krümel und leere

Bonbonpapiere. Gerade als sie sich damit abgefunden hatte, dass Lina wohl eingeschlafen war, klingelte ihr Handy. „Lina?"

„Sorry, Caro, hat etwas gedauert. Aber Ami hat einen verdammt tiefen Schlaf. Es war gar nicht so einfach, sie aufzuwecken."

„Und was meint sie dazu?", stieß Carolin aufgeregt hervor.

„Ami sagt, alles im Leben hat zwei Seiten: Es gibt immer nur gut und böse zusammen."

„Und weiter?", drängelte Carolin.

„Ami sagt, dass es sie nicht überraschen würde, wenn auch Sternentänzer eine böse Seite in sich hätte."

„Nein, nein, nein, nein! Niemals", unterbrach Carolin sie aufgebracht. „Nicht mein lieber, süßer Sternentänzer."

„Caro, hör zu!" Linas Stimme klang ernst und streng.

„Was?", fauchte Carolin ins Telefon. Komisch, dass man meist wütend wird, wenn man Dinge hört, die einem nicht gefallen!

Lina blieb gelassen und ruhig. „Wenn du es genau herausfinden möchtest, musst du dich mit dem Ursprung der ganzen Geschichte befassen."

„Was soll das denn heißen?", fragte Carolin immer noch sauer.

„Du musst in Erfahrung bringen, woher Sternentänzer kommt und wie seine Vergangenheit war. Denn nur wer die Vergangenheit kennt, kann die Gegenwart verstehen, hat mir Ami erklärt."

„Super!", meinte Carolin etwas milder gestimmt. „Und

wie bitte soll ich das tun? Kannst du das bitte Ami noch fragen?“

„Hab ich natürlich schon, du Schlaumeier! Ami sagt, du sollst dein Pferd nutzen. Es wird dir helfen, Antworten auf alle Fragen zu finden.“

Carolin raufte sich die Haare. „Und was heißt das schon wieder? Manno, ich werd langsam wahnsinnig!“

„Ey, Caro.“ Lina klang amüsiert und besorgt zugleich. „Wie schon? Du hast ein Pferd, dem du Fragen stellen kannst, also tu es! Nur dauert es leider noch etwas, bis wieder Vollmond ist.“

„Hier auch?“, fragte Carolin matt. Langsam war sie am Ende ihrer Kräfte.

„Caro, wir sind in Europa. Spanien liegt in Europa. Ja, wenn bei uns in Lilienthal Vollmond ist, ist auch auf Mallorca Vollmond. Und jetzt schlaf gut!“

„Lina!“

„Was denn noch?“

Carolin biss sich wieder auf die schmerzende Lippe. „Ich hab Angst, Lina“, murmelte sie dann leise.

Einige Tage später hatte sich Paul freigenommen, um mit Carolin eine kulturelle Mallorca-Tour zu machen. Zuerst hatte sich Carolin gefreut. Aber mittlerweile hatte sie nur noch damit zu tun, ihrem Vater hinterher zu hechten.

„Eigentlich kann man behaupten, dass Erzherzog Ludwig Salvador einer der ersten Naturschützer war“, plauderte Paul munter drauflos, während er mit strammen Schritten in dicken Schnürschuhen vor Carolin herstiefelte.

„Nicht so schnell, Paps“, ächzte sie. Ihr T-Shirt war schweißgetränkt, ihre Shorts klebten an ihrem Körper, und in den dünnen Sneakers spürte sie jeden spitzen Stein auf dem Boden.

„Mein Pferdemädchen ist zu Fuß ohne sein Pferd ganz schön langsam“, schmunzelte er.

Carolin verstand die Retourkutsche für den Reitausflug, als sie ihn auf seinem Haflinger verspottet hatte, und musste schmunzeln.

„Muss ein irrer Typ gewesen sein, dieser Erzherzog“, erzählte Paul dann unbeirrt weiter. „Kam hierher, als Mallorca und die Nachbarinseln noch ein weißer Fleck auf der Landkarte waren. Jahrelang soll er dann ein Verhältnis mit einer Tischlertochter gehabt haben.“ Endlich blieb Paul kurz stehen und deutete über die Steilküste mit ihren Olivenbäumen, Kiefern und Pinien zum Meer, das gegen die Felsen brandete. „Kein Wunder, dass er sich in dieses Fleckchen Erde verliebt hat“, seufzte er dabei theatralisch. „Im Norden der Insel kaufte er den Bauern ein Stück Land nach dem anderen ab und baute Wein, Feigen und Oliven an. Er hielt die Bauern an, die uralten Olivenbäume zu schützen, die viele allzu gerne abgeholzt hätten. Was der Erzherzog so über Tiere und Pflanzen wusste, hielt er in Büchern fest. Über siebzig Bücher schrieb der talentierte Mann in seinem Leben, und er sprach über vierzehn Sprachen. Da sollte sich unsereins mal ein Beispiel nehmen.“

„Cool", nickte Carolin immer noch total außer Atem. *Paps, das ist Geschichtsunterricht unter verschärften Bedingungen!*

„Seine Finca kaufte ein reicher Schauspieler. Für über fünf Millionen. Früher ging mal ein Weg am Meer entlang dorthin. Aber der wurde weggespült", erzählte Paul weiter. „Da wird dieser Promi sicher froh drüber sein."

Und ich auch! Sonst hättest du mich auch noch dahin gequält, dachte Carolin, während sie einfach nur nach einer Pause und einem Glas Wasser lechzte. „Wahhh!", schrie sie auf einmal auf und riss ihren Fuß in die Höhe. Sie hatte ihn gerade auf einen Stein setzen wollen, der sich dann als Eidechse entpuppt und urplötzlich bewegt hatte.

„Was denn?", grinste Paul frech. „Mein Pferdemädchen fürchtet sich vor einer Eidechse?"

„Haha!" Carolin rollte mit den Augen. Aber eigentlich war es ja wirklich kein Wunder, dass ihre Nerven allmählich immer dünner wurden.

Schließlich besichtigten sie noch das Landgut des Erzherzogs. Danach hatte Paul noch Valldemossa auf dem Programm – trotz Carolins lautstarkem Protest.

Doch Paul war unerbittlich. „Wenn deine Mutter fragt, was du auf Mallorca unternommen hast, und du kannst ihr nur von Ausritten zu verfallenen Haciendas erzählen – was meinst du, was die mit mir macht?"

Carolin biss die Zähne zusammen und trottete weiter brav hinter ihrem Vater her.

„Als kleine, malerische und ärmliche Ortschaft bezeichnete der Erzherzog Valldemossa", erzählte Paul.

Staunend sah sich Carolin um. Durch die engen Gassen drückten sich zahlreiche Menschen. In den Läden hing feinste Designerware. Der Ort war alles andere als klein, malerisch und ärmlich.

„Bekannt wurde das Dorf vor allem durch den Besuch des berühmten Komponisten Chopin und der Schriftstellerin George Sand. Chopin litt an Tuberkulose, deshalb schickten ihn die Ärzte damals hierher. Das Paar hatte keine leichte Zeit hier. Die Einheimischen beschimpften die beiden: wilde Ehe und eine Frau in Hosen, die Pfeife rauchte. Jedenfalls verließ er die Insel kränker, als er gekommen war." Ein Lächeln umspielte Pauls Lippen. „Chopin hätte sich wohl nie träumen lassen, welche Touristenströme sein Aufenthalt hierherziehen würde." Sein Blick schweifte in die Ferne. „Deine Mutter und ich, wir haben seine Musik geliebt." Pauls Stimme klang leise und ein wenig sehnsüchtig. „Hierher wollten wir irgendwann im Leben mal zusammen reisen, deine Mutter und ich. Das war unser Traum." Er seufzte. „Der sich aber wohl nie erfüllen wird."

Carolin sah ihren Vater erstaunt an. Trotz junger, schöner Carmela schien er tatsächlich immer noch an Ines zu hängen.

„Und nun, ein echtes kulinarisches Highlight."

Während Carolin sich erschöpft gegen eine Hauswand lehnte, betrat Paul eine Bäckerei. Kurz darauf kam er mit zwei runden süßen Gebäckteilen voller Puderzucker wieder heraus. Eines reichte er Carolin. „Die Bäckerei ist ein alter Familienbetrieb. Hier backen sie die köstlichsten Kartoffelkrapfen der ganzen Insel. Schon deshalb lohnt sich die Fahrt hierher." Sprach's und biss hungrig hinein.

Auch Carolin verschlang ihren Krapfen. Sie war so ausgehungert, dass sie momentan alles gegessen hätte. Vielleicht sogar Brokkoli. Oder nein, Brokkoli nicht!

„Und weiter geht's!" Paul wischte seine Hände an der mitgebrachten Serviette ab und setzte sich wieder in Bewegung.

„Ähm ... Paps!", meldete sich Carolin. Sie hatte das Gefühl, an einem Tag bereits eine Ladung Geschichte abbekommen zu haben, die eigentlich für ein ganzes Schuljahr reichen würde. „Können wir nicht langsam zurück? Ich ... ich muss auch Sternentänzer noch versorgen, weißt du." *Stimmt zwar nicht, aber egal!*

„Ich wollte dir noch eine Art Kloster, einen der letzten heiligen Orte auf der Insel, zeigen, Caro. Er wird noch von Mönchen bewohnt."

„Vielleicht ein anderes Mal?" *Oder nie!*

Paul überlegte kurz. „Ach was", meinte er dann. „Jetzt, da wir schon mal hier sind."

Zum Glück fuhr er bis zu dem großen Parkplatz beim Restaurant mit dem Auto, und sie mussten nur ein kleines Stück zu Fuß zurücklegen.

Paul durchquerte die Einsiedelei, als wäre er dort zu Hause. Er ging schnurstracks auf die Terrasse und lehnte sich an die Brüstung. „Schau dir das mal an, Caro!", schwärmte er. „Das hier ist einer der schönsten Aussichtspunkte der ganzen Insel."

Carolin stellte sich neben ihn. Der Blick war tatsächlich überwältigend schön. Bis zur Küste und weit hinaus auf das azurblaue Meer.

„Wenn es mir schlecht geht oder ich mich einsam fühle, komme ich sonntags gegen ein Uhr hierher, wenn die Mönche bei der Messe sind“, sagte Paul plötzlich leise. „Da fühlst du dich dem Himmel verdammt nah!“ Seine Stimme klang mühsam beherrscht, als würde er gleich in Tränen ausbrechen.

Einsam? Armer Paps! Plötzlich fühlte Carolin Mitleid mit ihrem Vater und lehnte sich an ihn. Mit einem Mal war es wieder da, dieses Paps-Gefühl! Hier oben in der Einsiedelei über dem Meer fühlte sich Caro zum ersten Mal seit ganz langer Zeit ihrem Vater wieder nah. Und das fühlte sich richtig gut an.

Paul legte seinen Arm um ihre Schulter und zog sie an sich. „Ich bin so froh, dass du gekommen bist, Caro.“

„Ich auch, Paps“, sagte Carolin leise. *Allein schon wegen dir. Weiß der Himmel, was der Rest noch bringen mag!*

Ist Sternentänzer „böse“?

Schlechtes Wetter im Sommer auf Mallorca ist in etwa so selten wie Schnee in der Wüste. Doch ausgerechnet an diesem Tag hingen dicke, dunkelgraue Wolken am sonst stahlblauen Himmel und immer wieder klatschten dicke Regentropfen auf den staubtrockenen Boden.

Maria stand mit verschränkten Armen und einem höchst zufriedenen Lächeln auf der Terrasse. „Gut für die Natur“, wiederholte sie immer wieder. „Sehr gut für die Natur.“

Und sehr schlecht für meinen Vollmondritt, dachte Carolin besorgt. *Zwar hab ich in den letzten Wochen die Insel schon etwas erkundet, aber eine dunkle Nacht und unbekannte Wege, das kann gefährlich werden.* Carolin kauerte auf der Couch im Wohnzimmer. Ihr Blick wanderte nach draußen. Aus den Regentropfen war inzwischen ein Regenguss geworden. *Aber es ist meine letzte Vollmondnacht hier, und die muss ich nutzen. Und wenn es anfängt zu schneien.*

Auf ihren Knien lag ein Mallorca-Reiseführer. Immer wieder versuchte sie, sich darauf zu konzentrieren.

Aber es wollte ihr einfach nicht gelingen. Immer wieder kreisten ihre Gedanken um Garcias Erzählung und diese wilde weiße Stute. *Was mach ich nur, wenn in Sternentänzer tatsächlich etwas Böses steckt? Wenn er von dem bösartigen Pferd in dem Stall, das seine Mutter sein soll, etwas geerbt hat?* Carolin war aufgewühlt.

Ihr Blick wanderte zur Uhr. Noch zehn Stunden bis Mitternacht. Normalerweise sah Carolin den Vollmondausritten mit Sternentänzer ganz gelassen entgegen. Doch heute hatte sie große Angst vor der Vision, die ihr der Hengst vielleicht zeigen würde. Ihr war bang, dass sie vielleicht etwas erfahren könnte, was ihr überhaupt nicht gefallen würde. *Was, wenn er mir etwas richtig Schreckliches vorhersagt? Und vor allem, was, wenn Sternentänzer tatsächlich eine böse Seite in sich hat?* Carolin schüttelte den Kopf und versuchte, die Gedanken zu verscheuchen wie eine lästige Fliege.

„Hola, Caro." Carmela kam ins Wohnzimmer. Ihre langen dunklen Haare, die sie offenbar frisch gewaschen hatte, flogen um ihren Kopf. „Was ist los?"

„Hola", erwiderte Carolin nur knapp und tat so, als würde sie angestrengt in ihrem Reiseführer lesen.

Carmela setzte sich neben sie und hielt ihr etwas hin. „Hier. Kannst du das vielleicht brauchen?"

Carolin drehte den Kopf und sah Carmela an. In den Händen hielt sie eine Warnweste mit kleinen Blinklämpchen und ein Stirnband, an dem ebenfalls eine kleine Lampe befestigt war. „Aber ...", stammelte sie und machte große Augen. „Woher weißt du ...?"

„Was?", unterbrach Carmela sie vergnügt und zog ihr

das Stirnband über den Kopf. „Passt wie angegossen. Woher weiß ich was?“

Dass das absolut perfekt für meinen Ausritt heute Nacht ist. „Nichts“, winkte Carolin rasch ab. „Ich meinte nur, woher hast du das?“

„Ach, das hatte ich zu Hause so rumliegen“, erklärte Carmela leichthin - so, als gehörten Leuchtwesten und Stirnbänder mit Lämpchen zu jedem normalen Haushalt wie Töpfe und Gabeln.

„Und warum schenkst du mir das gerade heute?“, stammelte Carolin und spürte, wie sie unter Carmelas forschendem Blick einen roten Kopf bekam.

„Warum nicht?“ Carmela zuckte die Achseln und stand auf. Damit schien das Thema für sie erledigt, und sie lief zu Maria in die Küche.

Carolin schaute ihr nach. *Warum bringt sie mir ausgerechnet heute diese Sachen? Einfach nur Zufall?* Carolin zog ihre Beine an und umschloss sie mit ihren Armen. *Bestimmt einfach nur Zufall,* entschied sie dann. *Sie hat das heute gefunden und mir gebracht. Einfach so. Einfach nur Zufall.* Carolin fuhr sich mit beiden Händen durch ihre Haare. *Du siehst schon Gespenster, Carolin Baumgarten,* schalt sie sich. *Schluss damit!*

„Carolina, Telefon!“ Maria eilte ins Wohnzimmer. In einer Hand hielt sie das Telefon weit von sich gestreckt und gab es Carolin. *Lina!,* freute sich Carolin.

„Hallo, Schatz.“

Es war ihre Mutter, nicht Lina! „Hi, Mam.“

„Sag mal, Schatz, was soll ich denn übermorgen zum Essen kochen?“

„Wie?", fragte Carolin in den Hörer. Es war ein komisches Gefühl, die Stimme ihrer Mutter zu hören.

„Was du dir zu essen wünschst, wenn du wieder heimkommst?" *Heimkommen?!* ... Irgendwie schien Lilienthal für Carolin gerade so weit weg wie die Venus.

„Ich freu mich schon sehr auf dich", plauderte ihre Mutter fröhlich weiter. „Du auch?"

„Ich auch", sagte Carolin einfach nur. Sie wusste, dass es genau das war, was ihre Mutter hören wollte. Aber momentan war sie einfach zu sehr durch den Wind, um irgendetwas empfinden zu können. Sie fühlte sich einfach nur angespannt und leer, auch wenn sie schöne Wochen auf Mallorca verbracht hatte. Doch die Erlebnisse auf der Hacienda gingen ihr immer noch nach und vor allem die Frage, ob Sternentänzer wie seine Mutter Falak auch etwas Böses in sich barg.

„Auch Jo und Thorben freuen sich."

„Schön." Carolin bemühte sich um einen heiteren Ton.

„Wir kommen auch alle drei zum Flughafen, um dich abzuholen."

„Okay."

Pause. Ihre Mutter schwieg. Offenbar spürte sie, dass etwas nicht stimmte. „Alles klar, Caro?", fragte sie dann leise.

„Sicher, Mam."

„Also gut, Schatz." Ines' Stimme klang betont locker. „Dann sehen wir uns ja in zwei Tagen."

In zwei Tagen. Zwei Tage, in denen noch so viel passieren kann. Passieren muss! Ich muss nun endlich herausfinden, was es mit Sternentänzers Mutter auf sich hat! „Bis bald, Mam."

„Warte ..."

Doch bevor Ines weitersprechen konnte, hatte Carolin aufgelegt. Sie stand auf und ging zum Fenster. Immer noch klatschten dicke Regentropfen auf den Boden. Carolin blickte auf die Uhr. Noch neun Stunden bis Mitternacht.

„Ich hatte ein bisschen Angst vor dir."

Carolin zuckte zusammen und drehte sich um. Hinter ihr stand Carmela. Carolin hatte gar nicht bemerkt, dass die junge Frau wieder das Wohnzimmer betreten hatte. Carolin grinste. „Warum das denn?"

„Dein Vater liebt dich, und ich wusste, wenn du mich nicht magst, hab ich keine Chance", erklärte sie und blickte dabei ernst.

Noch fünf Minuten bis Mitternacht. Seit gut zwei Stunden war Carolin in ihrem Zimmer, hatte die Uhr belauert wie die Schlange das Kaninchen und sämtliche Pferdezeitschriften, die sie dabeihatte, von vorne bis hinten gelesen. Nun packte sie das Stirnband und die Warnweste, die Carmela ihr gegeben hatte, sowie ihre kleine Taschenlampe und schlich sich aus dem Haus.

Es regnete immer noch, und im Hof standen überall tiefe Pfützen. Dicke schwarze Wolken verhüllten den Himmel, es war eine ungemütliche Nacht. Vom Vollmond war nichts zu sehen. Carolin holte Sternentänzer, schlüpfte in die Weste und setzte sich das Stirnband auf den Kopf. Dann trieb sie ihren Hengst an. „Los, lauf, Sternentänzer!"

Wie in jeder Vollmondnacht setzte sich Sternentänzer nur zu gerne in Bewegung. Doch sobald sie die Schotterstraße verlassen hatten, machte ihm jeder Schritt Schwierigkeiten. Der Sandweg war durch den Regen aufgeweicht, schlammig und unwegsam. Der Matsch spritzte vom Boden bis zu Carolins Knien hoch. Überall waren mit Schmutzwasser vollgelaufene Furchen.

„Vorsichtig, Sternentänzer!", mahnte Carolin und spielte kurz mit dem Gedanken, einfach umzukehren. Sie sehnte sich nach ihrem warmen, weichen Bett. *Wir lassen es einfach, Sternentänzer! Wir fahren übermorgen nach Hause und fertig!* Doch tief in ihrem Inneren wusste sie, dass sie keine Wahl hatte. Dass sie das Rätsel um Sternentänzer lösen musste. Dass sie herausfinden musste, ob in ihm auch etwas Bösartiges steckte wie in seiner Mutter.

Auf einmal kamen ihr zwei helle Lichtkegel entgegen. Sternentänzer scheute, blieb stehen, und Carolin war unsagbar froh um ihr Stirnband mit der Lampe.

Ganz langsam fuhr das Auto an ihnen vorbei. Als sie auf gleicher Höhe waren, ging die Fensterscheibe auf der Fahrerseite herunter. Ein junger Spanier steckte seinen Kopf heraus. „Ey, es ist gefährlich, was du hier tust!", rief er ihr zu. „Wie kann man bei diesem Wetter mitten in der Nacht ausreiten? Bist du ausgerissen, oder was?"

„Ich wollte nur ausreiten und plötzlich hat es angefangen zu regnen", versuchte Carolin ihn zu beruhigen.

„Es regnet doch schon den ganzen Tag", meinte der junge Mann und fuhr im Rückwärtsgang neben ihr her. „Schönes Pferd hast du da."

Er sagte das in einem so begehrlichen Ton, dass Carolin ein Schauer über den Rücken lief. *Verschwinde endlich und kümmere dich um deinen Kram!,* dachte sie panisch. „Ich bin gleich zu Hause, okay?!", fauchte sie wütend. „Lass mich einfach in Ruhe!"

Sie trieb Sternentänzer an. „Komm, Sternentänzer, weiter!" Eine ganze Weile folgte ihnen der Wagen noch im Rückwärtsgang. Doch als Sternentänzer in einen kleinen Feldweg einbog, gab der Verfolger auf und fuhr davon.

„Gott sei Dank!", murmelte Carolin, die sich immer unwohler fühlte. Es regnete unaufhörlich, es war finster, und der Vollmond versteckte sich irgendwo hinter den dicken, dunklen Wolken. Carolin fröstelte. Das Wasser tropfte von der dünnen Kapuze ihrer Windjacke in ihr Gesicht. Ihre Schuhe und ihre Jeans waren bereits völlig durchfeuchtet.

Sie erreichten nun einen kleinen Pinienwald. Carolin hatte Mühe, ihre Knie vor den Ästen in Sicherheit zu bringen. Sie kam auf dem nassen Sattel ins Rutschen und konnte sich gerade noch an Sternentänzers Mähne festhalten. Unbeirrt lief der Hengst auf dem schmalen Weg immer weiter. Carolin musste den Kopf einziehen, um nicht von den herabhängenden Ästen getroffen zu werden.

Am Ende des Wäldchens gelangten sie auf eine freie Ebene. Entschlossen beugte sich Carolin ganz dicht über den Hals ihres Pferdes. „Lauf, mein Schöner! Lauf, so schnell du kannst!“ Noch ehe sie ausgesprochen hatte, beschleunigte Sternentänzer das Tempo und fiel in den Galopp.

Carolin spürte den Regen in ihrem Gesicht. Ihre Finger krallten sich fest in Sternentänzers Mähne. Sie schloss die Augen. „Ich wünschte, ich wüsste, was es mit dieser wilden Stute auf dieser Hacienda auf sich hat und ob sich etwas Böses von ihr auf Sternentänzer übertragen hat“, murmelte sie dann.

Sogleich ging ein Ruck durch den sehnigen Körper des Pferdes. Carolin hatte Mühe, sich festzuhalten. Sie fühlte sich merkwürdig, ihr Kopf schien sich zu drehen. Ihr wurde schwindelig, wie in einem Kettenkarussell. Schnell wie der Wind galoppierte Sternentänzer durch die Nacht. Auf einmal sah sie Bilder. *Ein weites, karges Land und endlose Wüste. Überall nur Sand. Die Sonne brennt unbarmherzig vom Himmel. Gestalten mit Kopftüchern und wallenden weißen Gewändern. Alles sieht so arabisch, so orientalisch aus. Ein Dorf aus großen zusammengeflickten Zelten. Plötzlich taucht ein Pferd auf. Ein schwarzer, bildschöner junger Hengst mit einem weißen Stern auf der Stirn. Silberstern. Neben ihm ein Mädchen mit langen dunklen Locken und strahlend blauen Augen. Annit.*

Wie in einem Rausch schoss die Bilderflut durch Carolins Kopf. Schnell, konturenlos, wie durch einen Weichzeichner gefiltert. Dann verlangsamte Sternentänzer das Tempo. Carolin richtete sich wieder auf und öffnete die Augen. Ihr Kopf dröhnte heftig, ihre Hände zitterten, und ihre Beine waren nass, kalt und steif. Sie fühlten sich an wie taub. Auch Sternentänzers Körper vibrierte. Carolin strich ganz sacht über sein Fell. Es war klatschnass vom Regen und der Anstrengung. „Komm, mein Schöner, wir drehen um! Lass uns rasch nach Hause“, flüsterte sie dabei.

Ein aufschlussreiches Telefonat

Als Carolin am nächsten Morgen die Augen aufschlug, schien wieder die Sonne – als habe es niemals einen Regentag gegeben. Carolin hüpfte aus dem Bett und lief zum Fenster. Der Himmel war strahlend blau und kein einziges Wölkchen in Sicht. *Na super! Warum musste ausgerechnet gestern Nacht so ein Mistwetter sein?* Doch im Grunde war es gar nicht das Wetter, das Carolin bekümmerte, sondern die Vision von gestern Nacht. *Ich versteh das nicht. Warum hab ich denn schon wieder Annit und Silberstern gesehen? Was sollte diese merkwürdige Vision? Ich wollte doch etwas über meinen Sternentänzer und seine Mutter Falak erfahren ...*

In diesem Moment klopfte es an ihrer Tür. „Carolina."

„Komme gleich zum Frühstück, Maria", antwortete ihr Carolin durch die verschlossene Tür.

Maria klopfte energischer. „No. Nix Frühstück. Da sind Männer für dein Pferd. Sie wollen es abholen", rief sie durch die Tür.

Mein Pferd abholen? Carolin zuckte zusammen. *Wer? Warum? Männer? Von Carlos Garcia? Will er nun*

Falaks Sohn holen lassen? Wie der Blitz schlüpfte Carolin in ihre Jeans, die über der Stuhllehne hing und noch feucht war von ihrem nächtlichen Ausritt. Hastig zog sie ein Shirt über den Kopf und stürmte aus dem Zimmer. Maria war in der Küche. „Wo sind die Männer?"

Maria deutete auf den Hof. Dort stand ein großer dunkelbrauner Transporter, der bereits die Ladeklappe heruntergelassen hatte.

„Nein!", sagte Carolin erst ganz leise und dann immer lauter. „Neiiiin!"

„Caro!" Mit großen Schritten kam ihr Vater von der Veranda. „Was ist denn?"

Doch Carolin hörte ihn nicht mehr. Sie riss die Haustür auf und stürzte nach draußen. „Halt!", schrie sie dem Mann zu, der gerade Richtung Stall ging. Sie hastete auf ihn zu und packte ihn am Arm. „Mein Pferd bleibt hier!", kreischte sie dabei fast schon hysterisch.

Der Mann musterte sie mit einem erstaunten Blick. „Aber ich habe einen Auftrag."

„Sagen Sie Carlos Garcia, dass Sternentänzer bei mir bleibt. Und dass er nicht böse ist." Carolin hing immer noch am Arm des Mannes und kreischte immer lauter.

„Wieso böse?", wiederholte der Mann und betrachtete verwundert das völlig aufgelöste Mädchen. „Und wer ist Carlos Garcia?"

Da eilte Paul auf sie zu, fasste sie am Arm und zog sie zu sich. „Caro, was machst du denn da? Was soll das Theater?"

„Er will mein Pferd holen", stammelte Carolin immer noch außer sich.

„Natürlich, so war es doch abgemacht."

Carolin blickte von ihrem Vater zu dem Mann. „Wieso abgemacht?" *Steckt er etwa mit Garcia unter einer Decke?,* schoss es ihr durch den Kopf.

Der Mann kramte einen Zettel aus seiner Hosentasche. „Wir sollen einen Schimmel von Mallorca nach Lilienbach bringen."

„Lilienthal", verbesserte Carolin und wäre ihm vor Erleichterung am liebsten um den Hals gefallen. Sie hatte völlig vergessen, dass die Transportfirma Sternentänzer einen Tag vor ihrem Flug abholte.

Der Mann drehte seinen Zettel. „Von einem Carlos Garcia steht hier nichts."

Paul wandte sich seiner Tochter zu. „Was ist denn mit Garcia?"

„Nichts, gar nichts", winkte Carolin schnell ab und lief zurück ins Haus. Ihre Gedanken kreisten wieder um den nächtlichen Ausritt. *Diese Vision gestern hat mich kein Stück weitergebracht. Im Gegenteil!,* dachte sie, als sie ihr Zimmer betrat. *Warum hab ich bloß wieder Annit und Silberstern gesehen, obwohl ich eine ganz andere Frage gestellt hab? Nun schon zum zweiten Mal. „Man muss die Vergangenheit kennen, um die Zukunft zu verstehen", sagte Ami. Aber wie denn?* Gedankenverloren strich sie über Sternentänzers Bild in dem silbernen Rahmen. *Wie soll ich das Geheimnis um Sternentänzer und seine Mutter jemals lüften, wenn ich in meinen Visionen keine Antwort erhalte?* Unruhig tigerte Carolin in ihrem Zimmer hin und her. *Aber ich muss etwas unternehmen, sonst werde ich noch wahnsinnig.*

Vielleicht sollte ich einfach mal mit Annit sprechen?, beschloss sie spontan. *Vielleicht hat sie ja eine Idee, was das alles bedeuten könnte? Schließlich ist sie in meiner Vision aufgetaucht ...*

Entschieden griff Carolin nach ihrem Handy.

Nach dem zweiten Klingeln antwortete Annit. Ihre Stimme klang vergnügt. „Hi, hier ist Annit. Wer dort?"

„Hallo, Annit. Gut, dass ich dich gleich erwische", sagte Carolin erleichtert.

„Ich steh grad vor dem Postamt", plapperte Annit munter drauflos. „Ich hab Briefe an die Familien meiner Eltern geschrieben und sie nun aufgegeben und ..."

„Annit, ich muss dir was erzählen", fiel Carolin ihr ins Wort.

„Was ist denn? Du klingst ja so aufgebracht."

Carolin holte tief Luft und berichtete Annit von der Hacienda, von Falak, von Carlos Garcia und von ihren Visionen.

„Das ist ja ein Ding!", staunte Annit, als Carolin zu Ende erzählt hatte. „Kann mir gut vorstellen, dass dich das alles beschäftigt."

„Ja, sehr", erwiderte Carolin ernst. „Ich muss unbedingt herausfinden, ob in Sternentänzer auch etwas Böses steckt. Ich hatte so gehofft, die Vision würde mir weiterhelfen."

Annit überlegte einen Moment. „Aber du könntest doch Ami fragen. Vielleicht kann sie dir ja weiterhelfen."

Carolin nickte. „Hab ich schon. Ami hat gesagt, ich muss nach dem Ursprung von allem suchen. Aber ich hab echt keine Ahnung, wie und wo ..."

„Warte mal, Caro! Ich hab da eine Idee“, unterbrach Annit sie. „Der alte Mann hat dir doch erzählt, dass Sternentänzers Mutter Falak aus Syrien stammt. Also liegt dort der Ursprung. Ich vermute, du musst deine Suche von Sternentänzers Vergangenheit in Syrien starten.“

Carolin drückte ihr Handy fest ans Ohr. „Stimmt. Daran hab ich noch gar nicht gedacht, aber du könntest Recht haben.“

„Also, wann fährst du?“, fragte Annit sofort.

Carolin schwieg. „Ich kann nicht nach Syrien reisen“, sagte sie nach einer Weile. „Das erlauben meine Eltern nie und nimmer.“

„Aber wie willst du denn dann die Wahrheit erfahren?“, gab Annit zurück.

Carolin lehnte sich gegen die Tür. Eine Gänsehaut überzog ihre Arme. In ihrem Kopf wirbelten die Gedanken wild durcheinander. Langsam dämmerte es ihr, der Kreis begann sich zu schließen. „Annit, ich glaube auch nicht, dass ich diejenige bin, die das Rätsel lösen soll“, begann sie zaghaft. „Denn als Antwort auf meine Frage hab ich in meinen Visionen ja jedes Mal dich und Silberstern in einem arabischen Land gesehen. Nicht mich und Sternentänzer.“

Annit hatte sofort verstanden, was Carolin damit sagen wollte. „Du meinst ...? Aber das kann ich mir nicht vorstellen. Was soll ich denn mit all dem zu tun haben?“

„Nun, Silberstern ist Sternentänzers Sohn. Es geht also auch um seine Vergangenheit. Vielleicht deswegen? Ich weiß es doch auch nicht, Annit.“

Annit schwieg.

„Vielleicht ist ja das Böse, das Garcia in Sternentänzer vermutet, gar nicht auf Sternentänzer übergegangen, sondern auf Silberstern“, überlegte Carolin dann.

„Nein!“, entgegnete Annit wie aus der Pistole geschossen. „Silberstern ist nicht böse, und das weißt du ganz genau!“

Die beiden Mädchen schwiegen einen Moment und hingen ihren Gedanken nach.

Carolin erinnerte sich daran, wie der schwarze Hengst auf Lindenhain auf die Welt gekommen war. Es war eine stürmische Vollmondnacht gewesen: Grelle Blitze zuckten über den Himmel, Donner laut wie Kanonenschüsse zerrissen die Stille. *Vom ersten Moment an hab ich dich geliebt, Silberstern. Du warst so ein süßes Fohlen.* Voller Ungeduld hatte Carolin dann darauf gewartet, bis der schwarze Junghengst endlich eingeritten werden konnte. Bis sie endlich in einer Vollmondnacht mit ihm ausreiten konnte. Wie mit Sternentänzer war sie auf Silberstern durch die Nacht galoppiert und hatte ihm eine Frage gestellt. Doch es war nichts passiert. Gar nichts. Silberstern hatte den nächtlichen Ritt genossen, das war alles. *Ich habe nichts gesehen. Kein Bild, keine Vision, einfach nichts!* Ein paar Mal hatte sie es versucht und ihm bei einem Vollmondausritt eine Frage gestellt. Umsonst. Bis zu jenem Tag, an dem Ami dann angedeutet hatte, dass Silberstern für jemand anders bestimmt sein könnte. So, wie sie für Sternentänzer.

Annit dachte an Lilienthal. An das kleine Städtchen, in das sie das Schicksal eines Tages verschlagen hatte. An

Linas Onkel Rocco und seinen Zirkus, in dem sie eine Weile aufgetreten war. Dort war sie Silberstern zum ersten Mal begegnet. Diesem herrlichen schwarzen Hengst mit dem kleinen weißen Keilstern auf der Stirn. Sofort hatte sie eine besondere Verbindung gespürt zwischen sich und dem Pferd. Sie erinnerte sich an den ersten Traum, den Silberstern ihr geschickt hatte. Und an den Nachmittag bei Ami, als die alte Frau ihr verkündet hatte, dass sie und Silberstern zusammengehörten.

„Annit, bist du noch dran?", unterbrach Carolin ihre Gedanken.

„Ja."

„Annit, was sollen wir denn nun machen?"

Annit holte hörbar Luft. „Du meinst also, dass es meine und Silbersterns Aufgabe ist, in der Vergangenheit zu suchen?" Ohne eine Antwort abzuwarten, sprach Annit weiter. „Caro, du weißt, dass ich eigentlich wegen meiner neuen Familie in der Türkei bin. Und es ist ja auch nicht gerade so, dass Syrien um die Ecke liegt."

„Versteh ich."

„Wir beobachten Sternentänzer und Silberstern in der nächsten Zeit besonders aufmerksam und schauen, ob uns was Böses an ihnen auffällt", schlug Annit dann vor. „Vielleicht ist der Alte ja wirklich einfach nur voll durchgeknallt und kann nicht mit Pferden umgehen! Und vielleicht hast du dich da so reingesteigert, dass du deswegen diese komische Vision hattest!"

„Kann schon sein", nickte Carolin, obwohl sie tief in ihrem Inneren wusste, dass es nicht so war.

„Ich muss Schluss machen. Tschüss, Caro!"

„Tschüss, Annit!" Carolin legte auf. *Klar, das macht Sinn! Dass ich da nicht von allein draufgekommen bin! Wir müssen in Syrien suchen. Zu blöd nur, dass das ewig weit weg ist! Ich versteh schon, dass sich Annit da nicht gleich auf den Weg machen kann. „Fahr mal eben nach Syrien!" ist ja nicht das Gleiche wie „Geh mal eben zum Bäcker um die Ecke!"* Dennoch war Carolin froh und erleichtert, dass sie mit Annit gesprochen hatte. Mit jemandem, den diese merkwürdige Vision genau so betraf wie sie und Sternentänzer. Und außerdem wusste sie nun auch ein bisschen mehr.

Abschied von Mallorca

„Nie, nie, niemals im Leben hätte ich auch nur einen Hosenknopf darauf gewettet, dass ich traurig sein würde, wenn diese Sommerferien auf Mallorca zu Ende gehen.“ Carolin hockte am Meer und wühlte ihre Zehen tief in den von der Sonne aufgeheizten Sand. Es war erst zehn Uhr früh, doch die Sonne brannte schon vom wolkenlosen Himmel. Es war ihr letzter Tag auf der Insel. Am späten Nachmittag ging der Flieger, der sie zurück nach Lilienthal bringen sollte.

„Manchmal kommt es eben ganz anders, als man denkt“, meinte Carmela, die neben ihr im Sand saß. Sie trug einen knallroten Bikini und war so voller Sand, dass sie aussah wie ein paniertes Hähnchen. Liebevoll knuffte sie Carolin in die Seite. „Und das ist auch gut so. Was wäre das Leben ohne Überraschungen?“

Überraschungen hat es hier echt mehr als genug gegeben! Fast ein bisschen zu viel für meinen Geschmack! Carolin zog ihre Zehen aus dem Sand und ließ sie vom Meerwasser umspülen. Sie legte den Kopf zurück und versuchte, den unverwechselbaren, würzigen Geruch des Meeres so tief einzuatmen, dass sie ihn nie wieder vergessen würde. Sie zwinkerte in die Sonne. „Ich hätte auch niemals gedacht, dass wir uns so gut verstehen würden."

„Hm", machte Carmela.

Carolin drehte den Kopf und sah die junge Frau an. „Wie geht es eigentlich weiter mit dir und Paps? Bleibt ihr zusammen?"

Carmela strich mit beiden Händen ihr Haar zurück, das der Seewind immer wieder in ihr Gesicht blies. „Ich mache keine Pläne. So wie's kommt, kommt's."

„Paps wär schön doof, wenn er dich wieder gehen lässt", sagte Carolin und meinte es auch so. In den wenigen Wochen hatte sie die junge Frau richtig gern gewonnen. „Wo ist er eigentlich heute schon wieder?"

Als Carolin zum Frühstück erschienen war, hatte sie nur noch Carmela angetroffen. Paul war bereits in aller Früh nach Palma gefahren. Nach dem Frühstück war sie dann mit Carmela auf deren Vespa an den Strand hier gedüst.

Carmela zuckte die Achseln. „Ich weiß nicht. Über seine Geschäfte spricht Paul nicht mit mir." Sie reichte Carolin die Sonnencreme. „Deine Nasenspitze ist rot wie eine überreife Tomate."

Carolin drückte einen dicken Klecks heraus und verschmierte ihn in ihrem Gesicht. „Paps muss eine Menge Kohle verdienen, die große Finca, Maria, das alles kostet doch viel Geld."

„Keine Ahnung." Carmela zuckte ihre schmalen Schultern. „Ich hab ihn schon so kennengelernt."

„Wenn er so viel Geld hat, könnte er eigentlich auch locker Mam den Unterhalt rechtzeitig überweisen“, sagte Carolin eigentlich mehr zu sich selbst. Doch Carmela hatte es gehört und blickte sie nun mit großen Augen entsetzt an. „Das tut er nicht? Hombre! Mensch! Das ist aber gar nicht in Ordnung!“ Sie packte Carolin am Arm. „Das ist sicher ein Missverständnis.“

Carolin rümpfte die Nase, die allmählich tatsächlich anfing zu brennen. „Das sieht meine Mam anders.“

„Hombre! Darüber musst du mit deinem Vater aber unbedingt sprechen.“

„Das werd ich“, nickte Carolin und sprang auf. „Los, komm! Ich will mich noch ein letztes Mal in die Wellen stürzen.“ Sie lief ins Meer, Carmela mit fliegenden schwarzen Haaren hinterher.

Auf einmal schrie Carmela auf. Sie hielt sich den Oberschenkel und stolperte aus dem Wasser. „Komm raus aus dem Meer, Caro, schnell!“, brüllte sie dabei wild gestikulierend.

Was ist denn mit der plötzlich los?, wunderte sich Carolin, folgte ihr aber aus dem Wasser. *Haialarm?* Sie warf einen Blick zurück, konnte aber keine herausstehende Flosse entdecken.

Ächzend ließ sich Carmela auf den Boden plumpsen und packte mit schmerzverzerrtem Gesicht Sand auf ihren rechten Oberschenkel. Dort zeichnete sich inzwischen ein dicker, großer feuerroter Fleck ab.

Carolin kniete sich neben sie. „Was ist denn passiert? Hat dich was gebissen?“, erkundigte sie sich, obwohl kein Blut zu sehen war.

„Auuuu! So ein verdammtes Quallenmistvieh hat mich voll erwischt!“, stöhnte sie.

„Ein was?“

Carmela deutete ins flache Wasser. Carolin entdeckte ein tellergroßes, durchscheinendes Etwas mit langen, hauchdünnen Tentakeln, das wie ein kleines Raumschiff durch das Wasser glitt. „Sieht cool aus“, staunte Carolin. „Total hübsch.“ Sie erhob sich und wollte schon die Hand ausstrecken, um das geisterhafte Glibberwesen zu berühren.

„Nicht anfassen, Caro!“, schrie Carmela. „Diese feinen Tentakeln brennen wie Feuer! Schau dir meinen Oberschenkel an.“

In der Tat wurde Carmelas Oberschenkel immer röter und röter. Mühsam richtete sie sich auf. „Ich muss in die Apotheke, was holen.“ Sie blickte auf ihre Uhr. „Mist!“, fluchte sie dann. „Beinahe Mittag, bis ich in der Stadt bin, sind alle Läden zu.“

Etwas ratlos stand Carolin neben ihr. Einerseits hätte sie noch gerne das Meer genossen, andererseits sah Carmelas Verletzung ziemlich abschreckend aus. „Was machen wir jetzt?“

„Ich fahr zur Finca.“ Carmela hinkte zu ihrer Vespa. „Vielleicht hat Maria ja was in ihrer Hausapotheke.“

„Ich komm mit“, beschloss Carolin, packte rasch die Badesachen zusammen und setzte sich hinter Carmela auf den Rücksitz.

„Dieses verdammte Mistvieh!“, stöhnte Carmela und legte immer wieder ihre Hand auf ihren Schenkel. Mit Vollgas bog sie in die Auffahrt zur Finca, hüpfte von der

Vespa und sperrte mit schmerzverzerrtem Gesicht die Tür auf. Carolin folgte ihr besorgt.

„Maria!“, schrie Carmela, so laut sie konnte.

Keine Antwort.

„Maria!!!!!“

Nichts.

„Verflixt, Maria ist nicht da!“ Etwas ratlos drehte sich Carmela im Kreis, dann hinkte sie ins Bad, um sich einen nassen Lappen auf das Bein zu legen.

Na klar! Auf einmal fiel Carolin die hellrosa Kosmetiktasche mit den Rüschen im pinkfarbenen Trolley wieder ein, der im Schrank stand. *War nicht in Mams Reisemedizin auch was gegen Quallen?* In Windeseile flitzte sie in ihr Zimmer, kramte die Salbe heraus und lief zurück zu Carmela.

Carmela saß am Badewannenrand und versuchte, die Schmerzen mit einem nasskalten Waschlappen zu mindern - was aber nicht wirklich gelang. „Das brennt ganz schön“, jammerte sie, versuchte aber tapfer die Zähne zusammenzubeißen. „Schätze, da hat mich eine Feuerqualle erwischt.“

„Ich hab was gefunden.“ Carolin schraubte die Tube auf, drückte einen ordentlich dicken Klecks heraus und verschmierte die Salbe dann behutsam auf der verbrannten Haut.

„Puh, besser!“, seufzte Carmela zutiefst erleichtert, als die Creme eingezogen war. „Danke, Caro. Das Zeug hilft echt. Gracias! Vielen, vielen Dank.“

Carolin setzte sich neben Carmela auf den Badewannenrand. „So komische Tiere! Sind es Fische?“

„Nein, keine Ahnung!“ Carmela legte ihren Kopf zurück. „In warmen Wintern, so wie im letzten, können die gut überleben, und dann gibt's im Sommer manchmal richtige Plagen hier.“

„Kann man denn nichts dagegen machen?“

Carmela erhob sich. „Nein. Und außerdem sind sie wohl nützlich für das Ökosystem. Genau weiß ich das allerdings auch nicht.“ Sie deutete auf ihren krebsroten Oberschenkel. „Pech nur, wenn du ihren Weg im Meer kreuzt!“

„Jedenfalls sehen die richtig cool aus“, meinte Carolin und spielte für einen Augenblick mit dem Gedanken, eine dieser Quallen mit nach Hause zu nehmen und in den Teich auf Lindenhain zu stecken. *Was dann wohl passieren würde? Kois gegen Qualle, wer da wohl gewinnt? Vermutlich die Qualle, und dann würde mir Gunnar wahrscheinlich den Kragen umdrehen.* Carolin grinste in sich hinein, während sie die Tube wieder sorgfältig zuschraubte.

Nachdenklich ging sie zurück in ihr Zimmer und steckte die Salbe wieder in die Kosmetiktasche. *Tja, Mam!*, schmunzelte sie dabei. *Dass ich mit deiner Quallensalbe Paps' neuer Freundin helfen würde, das hättest du wahrscheinlich auch nicht gedacht!*

Nach dem Mittagessen war die Zeit des Abschieds gekommen. Carolin packte ihre Sachen in den pinkfarbenen Trolley und zog ihn aus dem Zimmer. Ein letzter

Blick auf die sonnengelben Vorhänge, dann schloss sie die Tür hinter sich.

Maria wartete schon auf dem Gang und wischte sich verstohlen eine Träne aus dem Augenwinkel. Mit ihren kräftigen Armen zog sie Carolin fest an sich und drückte sie. „Adiós, Carolina“, murmelte sie mit belegter Stimme. „Adiós. Und bleib ein braves Mädchen!“

„Adiós, Maria. Alles Gute auch für dich.“

Noch dreimal drückte Maria sie an sich. Dann endlich schaffte es Carolin, sich zu befreien. Mit großen Schritten hastete sie los. Vor der Finca wartete ihr Vater schon mit laufendem Motor in seinem olivgrünen Jeep. Er trug wieder einen Anzug, ein blütenweißes Hemd und eine Krawatte und sah richtig seriös aus. Neben ihm saß Carmela in einem leichten, bunten Sommerkleid. Sie hatte darauf bestanden, mit zum Flughafen zu kommen. Schwungvoll hievte Maria den Trolley in den Jeep, Carolin schlüpfte auf den Rücksitz. Dann gab Paul Gas, fuhr die Auffahrt entlang und bog dann auf die Schotterstraße.

„Ich hoffe, es hat dir hier gefallen, Caro“, meinte er nach einer Weile.

„Ja.“ Carolin drückte sich tief in den Rücksitz. Wider Erwarten waren es doch noch richtig tolle Ferien geworden. Mit ihrem Vater hatte sie sich gut verstanden, mit Carmela auch. „Ich werde das Meer vermissen“, murmelte sie. „Es war voll klasse, mit Sternentänzer am Strand zu reiten.“

„Nur das Meer?“ Paul tat gespielt enttäuscht. „Und was ist mit mir?“

Ein Lächeln huschte um Carolins Lippen. „Dich werd ich auch vermissen, Paps", antwortete sie wahrheitsgemäß. Die Zeit auf der Insel hatte sie ihrem Vater wieder näher gebracht. Er kam ihr nicht mehr so fremd vor wie die letzten Male in Lilienthal. Und das war gut so.

„Gab es auch etwas, was dir nicht gefallen hat?", wollte Paul wissen.

„Nee." *Doch! Oh doch, Paps, aber darüber kann ich mit dir nicht sprechen. Das, was ich über mein Pferd erfahren hab, hat mir überhaupt nicht gefallen. Es macht mir Angst. Große Angst.*

Einen Augenblick konzentrierte sich Paul voll und ganz auf die Straße. „Kommst du mich mal wieder besuchen?", fragte er dann so betont beiläufig, als wäre ihm bang vor ihrer Antwort.

Carolin blies die Backen auf. „Mal sehen. Kann schon sein. Ja, warum nicht?!" *Aber jetzt muss ich erst mal sehen, was sich aus meinem ersten Besuch entwickelt!*

„Die Zeit ging ziemlich schnell rum, oder, Caro?", meinte Paul dann.

„Viel zu schnell", nickte Carmela.

Liebevoll legte Paul seine rechte Hand auf Carmelas Arm und zwinkerte Carolin im Rückspiegel zu. „Schön, dass sich meine beiden Frauen so gut verstehen."

Meine beiden Frauen? Paps, hast du nicht jemanden vergessen? Carmela ist nett, aber Ines ist und bleibt meine Mam! Apropos – da schoss ihr ein Gedanke durch den Kopf. Sie beugte sich nach vorne zwischen die beiden Sitze. „Was ich dich die ganze Zeit schon fragen wollte: Was und wo arbeitest du eigentlich, Paps?"

„Ich arbeite in Palma", antwortete Paul knapp. Er wedelte mit seiner Krawatte. „Da muss ich anschließend auch wieder hin."

„Das weiß ich. Aber was genau machst du in Palma?", bohrte Carolin weiter. „Welchen Job hast du?"

„Ich verdiene Geld", antwortete Paul wieder nur knapp und tat so, als müsse er sich total auf das Fahren konzentrieren.

Ey, Paps! Lass dir nicht jedes Wort aus der Nase ziehen, dachte Carolin. „Und womit? Mit welcher Arbeit verdienst du so viel Geld, dass du dir so eine tolle Villa leisten kannst?"

Ohne jede Vorwarnung trat Paul mit einem Mal heftig auf die Bremse und stoppte gleich darauf am Straßenrand. Er stieg aus und deutete Carolin an, ebenfalls auszusteigen.

Etwas verwundert folgte Carolin seiner Anweisung. Als Vater und Tochter am Straßenrand nebeneinander standen, legte Paul seinen Arm um sie. „Weißt du, Caro, das ist alles nicht so einfach zu verstehen", begann er.

„Was denn?"

Paul seufzte tief. „Das mit deiner Mutter und mir und dem Unterhalt."

„Du schickst Mam unregelmäßig Geld für den Unterhalt, obwohl du hier im Luxus lebst und offenbar einen super Job hast", fasste Carolin zusammen. „Das ist babyleicht zu verstehen."

Paul schnaufte tief durch. „So einfach ist das nicht, Caro."

„Sondern?"

„Ich habe keinen wirklichen Job hier“, gestand Paul schließlich.

Verwundert sah Carolin ihren Vater an. „Aber du sagst doch, dass du zum Arbeiten nach Palma fährst!“ Sie zupfte an seiner Krawatte. „Du bist angezogen wie ein Bankdirektor. Was also tust du da?“

„Ich verdiene mein Geld mit Börsenspekulationen“, gestand Paul schließlich.

„Und was heißt das genau?“, wollte Carolin wissen, die von der Börse in etwa so viel Ahnung hatte wie von Raumfahrttechnik. Aber Spekulation klang irgendwie gefährlich.

Paul blickte auf seine Schuhspitzen, als würde es ihm schwerfallen, Carolin ins Gesicht zu schauen. „Es ist ein bisschen wie Glücksspiel. Nur mit Aktien und Fonds. Mal gewinnst du, mal verlierst du. Und je nachdem, wie es mit meinen Börsengeschäften gerade so läuft, kann ich deiner Mutter Unterhalt überweisen.“

So ganz hatte Carolin immer noch nicht verstanden, womit genau ihr Vater das Geld verdiente. Aber es schien jedenfalls nichts Kriminelles zu sein. „Warum sagst du das Mam nicht einfach? Dann muss sie sich nicht mehr so viel über dich ärgern, sondern weiß Bescheid.“

Paul rollte mit den Augen. „Ines hält mich doch ohnehin für einen Luftikus, für einen völlig verantwortungslosen Spinner. So etwas Unsicheres wie wilde Börsenspekulationen würde dieses Vorurteil nur bestätigen. Da ist mir das Bild des schusseligen Mannes, der ab und an vergisst zu überweisen, doch um einiges lieber.“ Er legte den Arm um Carolin. „Versprichst du mir was, Tochter?"

„Was denn?"

„Lass es unser kleines Geheimnis bleiben. Erzähl Ines nichts von meiner Arbeit."

Carolin zögerte.

„Ich werde mich ganz fest bemühen, künftig pünktlich zu bezahlen, Caro. Aber lass das unser Geheimnis bleiben, okay?"

Paul guckte sie mit einem so flehentlichen Blick an, dass Carolin gar nicht anders konnte, als zu nicken. „Also gut", gestand ihm Carolin zu. *Was macht es schon für einen Unterschied, ob Ines davon was weiß oder nicht? Sie würde sich dann bestimmt nur noch mehr über Paps aufregen.*

Paul gab ihr einen liebevollen Klaps auf die Schulter. „Das ist meine Tochter", meinte er dabei grinsend. Sein Blick fiel auf seine Uhr. „Komm, wir müssen los! Sonst verpasst du dein Flugzeug." Kaum hatte er den Satz beendet, hüpfte er auch schon wieder in den Jeep. Er wartete, bis Carolin auch saß, und düste los.

Eine Viertelstunde später standen sie auf dem Flughafen in Palma in der Abflughalle. Paul gab Carolins pinkfarbenen Trolley auf, dann verschwand er im Kiosk. Eine halbe Minute später steckte er den Kopf durch die Tür und wedelte fragend mit einer Mädchenzeitschrift. Carolin schüttelte den Kopf.

Carmela verstand, grinste und machte mit den Händen die Bewegung eines Pferdes. Paul nickte und verschwand wieder im Kiosk.

„Ich möchte dir auch noch was schenken“, sagte Carmela dann, griff in ihre Tasche und holte eine Muschel heraus. Die war so groß wie ein Apfel, ganz hell, und innen glänzte sie perlmuttfarben. „Hier. Ich hab sie an dem Strand gefunden, an dem wir zu dritt mit den Pferden waren. Sie soll dich immer an deine Zeit auf Mallorca erinnern.“

Carolin schluckte gerührt und nahm die Muschel in die Hand. „Danke, Carmela.“

Etwas verlegen fingerte Carmela an ihrer langen Kette. „Und wenn du sie an dein Ohr hältst und dich ganz stark konzentrierst, kannst du das Meer rauschen hören.“

Im Laufschritt kam Paul aus dem Kiosk. Er deutete auf die Abflugtafel. „Du musst rein, Caro, deine Maschine startet gleich.“ Er drückte Carolin eine Pferdezeitschrift in die Hand. Eilig verstaute Carolin Muschel und Zeitschrift in ihrer Tasche und verabschiedete sich erst von Carmela mit einer herzlichen Umarmung.

„Caro, es ist schön, dass ich dich kennengelernt habe, und es ist schade, dass du gehst“, sagte Carmela mit belegter Stimme.

„Tschüss, Carmela.“ Carolin drückte Carmela zwei Küsschen auf die Wangen. „Pass gut auf meinen Paps auf! Und nicht zu viele Disco-Besuche. Schließlich ist er ein alter Mann.“

„Vorsicht, das hab ich gehört!“, grinste Paul und streckte ihr die offenen Arme entgegen.

Carolin ließ sich in seine Arme fallen. „Tschüss, Paps.“

Paul drückte seine Tochter an sich. „Mach’s gut, meine

Kleine.“ Dann strich er ihr übers Haar. „Und jetzt ab mit dir, bevor wir alle heulen wie die Schlosshunde.“

Mit feuchten Augen schritt Carolin dann durch die Passkontrolle, drehte sich noch ein letztes Mal um und winkte. Pling! In diesem Moment meldete sich ihr Handy. Carolin öffnete die SMS: „Carolinchen, ich freu mich total auf dich. Ich kann's kaum erwarten, dich wiederzusehen. Ich hab dich lieb von hier bis zum Mars und wieder zurück.“

Ferdi. Ein Glücksgefühl strömte durch Carolins Körper und ließ ihr Herz vor Sehnsucht schneller pochen. *Mallorca war toll. Aber Lilienthal ist meine Heimat. Paps und Carmela waren nett, aber zu Hause sind die Menschen, die ich von ganzem Herzen liebe. Das Meer war klasse, aber unser kleiner See ist auch nicht übel.*

Carolin straffte die Schultern und reihte sich in die Schlange, die sich vor dem Abfertigungsschalter gebildet hatte. *Und in ein paar Tagen kommt auch mein Sternentänzer nach Hause. Sternentänzer.* Carolins Blick wanderte durch die hohe Glasfront nach draußen. Auf dem Flughafengelände herrschte emsiges Treiben. Am Ende der Startbahn hob gerade ein Flieger ab. *Ich bin nach Mallorca gereist, weil Sternentänzer mir das in einer Vision aufgezeigt hat und ich meinem Schicksal nicht entrinnen kann,* überlegte Carolin. *Nun habe ich hier Sternentänzers Mutter gesehen. Ich habe erfahren, wo mein Pferd geboren wurde und aus welchem Land seine Vorfahren stammen.*

„Ihr Ticket bitte!“

Carolin reichte der schwarzhaarigen jungen Frau mit dem netten Lächeln ihr Flugticket. *Und ich weiß, dass ich noch mehr über Sternentänzer herausfinden muss. Ich muss wissen, ob er eine böse Seite hat. Egal wie ...*

Romantik, Spannung & Magie

Bd. 9, ISBN 978-3-8332-1379-3

Bd. 10, ISBN 978-3-8332-1380-9

Bd. 11, ISBN 978-3-8332-1466-0

Bd. 16, ISBN 978-3-8332-1543-8

Dass Carolin auf dem magischen Pferd Sternentänzer bei ihren Vollmondritten merkwürdige Zukunftsvisionen hat, daran hat sie sich gewöhnt. Doch was der weiße Hengst ihr jetzt zeigt, ist ihr ein völliges Rätsel: Sie sieht sich mit Sternentänzer allein in einem fremden Land. Was will ihr Sternentänzer damit sagen? Wird sie vielleicht ihre Mutter verlassen müssen, um in Zukunft bei ihrem Vater in Spanien zu leben? Caro hofft, die Erklärung für Sternentänzers Botschaft in der geheimnisvollen Geschichte von Schloss Amorbach zu finden. Einer Geschichte, die das Leben von Caro ziemlich durcheinanderbringt ...

Bd. 12, ISBN 978-3-8332-1467-7

Bd. 13, ISBN 978-3-8332-1540-7

Bd. 14, ISBN 978-3-8332-1541-4

Bd. 15, ISBN 978-3-8332-1542-1

Überall, wo's Bücher gibt!

panini BOOKS
www.panini.de

Magische Zeiten mit
Sternentänzer

Der Wandkalender 2008!

ISBN 978-3-8332-1587-2

Mit 12 traumhaften Pferdemotiven und einem XL-Poster.

Überall, wo's Bücher gibt!

PANINI BOOKS
www.panini.de

PC-Spiele ab 8 Jahren
Rette die Welt vor den bösen Mächten!
Fantasy-Adventure
Sarah
Die Hüterin des Einhorns
3D-PC-Spiel
Tivola
3D-PC-Spiel
Fantasy-Adventure
Sarah 2
Das Geheimnis der Einhornfohlen
Tivola
NEU!
• Mischung aus Simulation und Fantasy-Adventure
• Entdecke eine sagenhafte Zauberwelt
• Tolle 3D-Umgebung
• Pflege und reite dein Einhorn
• Besiege die bösen Mächte im Zauberwald
• Teil 2: Mit Einhornfohlen!
• Um Teil 2 spielen zu können, musst du Teil 1 nicht kennen
Erhältlich im Handel oder gleich unter www.tivola.de
Tivola